全新

專為華人設計的德語教材

自學德語
看完這本就能說！

發音＋文法＋單字＋曾話一次學會！

全MP3一次下載

http://www.booknews.com.tw/mp3/9786269756575.htm

Features
本書特色

《全新！自學德語看完這本就能說》分為四個章節。第一章「發音課 — 德語字母與發音規則」首先簡單介紹德語，對於每一個德語音標的母音與子音發音規則、要訣進行解說，同時附上音標的發音嘴型輪廓圖，以及正、側面真人發音嘴型圖以及標準發音。此外，搭配實用單字的舉例，讓發音規則習慣化，真正做到快速入門。

第二章「文法課 — 基礎文法與構句」借助心智圖、插圖及表格等，匯整最基礎的德語文法與句子結構，講解由淺入深，符合學習規律。

第三章「單字課 — 最常用的情境分類單字」將日常生活場景中最常用的詞彙進行分類與歸納，並以心智圖呈現，有效實現單字量的擴增與長期記憶。

第四章「會話課 — 最常用的生活短句與會話」涵蓋最道地的德語國家日常生活情境。每個情景另外配有兩組 dialogue。在學習完短句與會話之後，頁面下方有「文法說明」以及「文化連結」的專欄，有助於學習者對德語的認知更加全面，且更具實際意義。

本書特色如下。

◎ 內容全面，一本搞定多種科目的德語學習書

本書規劃了德語發音、基本文法、常用單字、情境會話等章節，符合學習規律，並結合心智圖來幫助理解與記憶，發揮大腦無限潛能。適合初學者、自學者快速入門。

◎ 搭配心智圖、表格及例句，德語文法一學就會

在文法章節中，依照先講解詞性、後講解句子結構的順序，由淺入深，逐一說明常見文法點。搭配心智圖和實用例句，告別全文字的枯燥學習模式。

◎ **依主題分類，串聯式記憶大量德語單字**

　　嚴選最生活化的 25 個主題，收錄逾 1300 個常用單字，利用心智圖串聯式記憶，達到長期記憶的效果。

◎ **依實際場景分類，列舉常用短句和對話，日常交流沒問題**

　　嚴選 16 個德語國家日常生活場景，利用聯想記憶的方法，每個主題句下方再搭配類義句、反義句、問句、答句來進行聯想記憶，達到舉一反三的效果，讓您在任何場合下都能游刃有餘地用德語進行交流。另外，每個場景後設置「文法說明」和「文化連結」欄位，作為對正文各小節內容的補充，為您營造更加真實的學習氛圍。

如何使用 這本書

逐音分類系統式教學
心智圖聯想常用單字
零基礎也能輕鬆學德語！

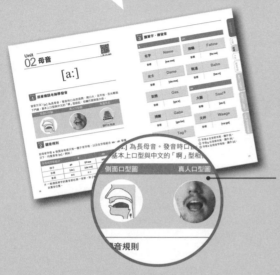

01 | 德語發音真的好簡單

沒學過德語，也能輕鬆說出口

　　為完全沒有任何德語基礎的人設計，搭配 QR 碼音檔及口腔發聲位置圖，從最基本的子音、母音到複合母音，每個音只要跟著唸就學會。搭配相關練習單字與國際音標，打好德語發音基礎。

02 | 德語單字輕鬆記

初學德語，這些單字就夠了！

　　以心智圖的方式呈現，依主題囊括了常用與專門的單字，不論是用在日常生活，或是用在特殊話題，這些單字都能發揮出實用性。

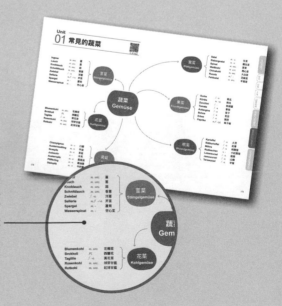

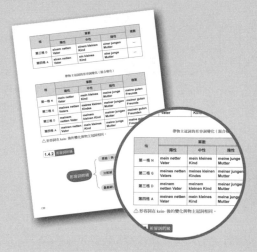

03 | 基礎文法體系徹底整理

再多學一點，實力就從這裡開始！

用最濃縮、統整的方式，將所有初級到中級必須知道的文法概念整理起來。你可以從表格清楚了解各種詞類變化，並且學到生活中用得上的多樣句型。

04 | 什麼狀況都能套用的常用短句

從單句快速累積會話實力

在會話單元中，先提供最常用的情境短句、同反義句與衍生句，輔以簡單的說明，讓你從基礎開始學習，累積溝通實力。

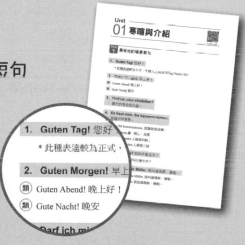

05 | 場景式生活會話

隨時隨地都能用德語聊天

(1) 真實情境模擬會話

精選 16 個貼近生活的主題，包括寒暄介紹、電話溝通、餐廳用餐、飯店住宿…等，德語圈的母語人士日常生活會用到的會話都在這裡！

(2) 文法說明、文化連結

貼心的文法及文化補充，讓你更了解德國人以及德語圈母語人士的語言與文化。

CONTENTS 目錄

1 發音課
德語字母與發音規則

2 文法課
基礎文法與構句

3 單字課
最常用的情境分類單字

4 會話課
最常用的生活短句與會話

詞性縮寫&標示說明

adj.	Adjektiv	形容詞
adv.	Adverb	副詞
n.	Neutrum	（中性）名詞
n. unz.		中性不可數名詞（*unz.* = unzählbar）
m.	Maskulinum	陽性名詞
m. unz.		陽性不可數名詞
vi.	intransitives Verb	不及物動詞
vt.	trantives Verb	及物動詞
f.	Femininum	陰性名詞
f. unz.		陰性不可數名詞
m.f.		形容詞名詞化
pl.	plural Nomen	複數名詞
num.	Numerale	數詞
konj.	Konjuktion	連接詞
prap.	Präposition	介系詞

類 相關的表達

同 同義的表達

答 回答的方式

反 反義的表達

1

發音課
德語字母與發音規則

Unit 01 德語簡介&德語字母表

　　目前，全世界有 3.01% 的人使用德語，以使用國家數量來算，德語是世界排名第六的語言，同時，德語也是世界十大最通用語言之一。在德國、奧地利、列支敦士登，德語是唯一的官方語言；而在瑞士、比利時、盧森堡、義大利博爾紮諾自治省，德語被當作重要官方語言之一。

　　德語屬於印歐語系日爾曼語族，同一語族的還有英語、荷蘭語、挪威語、瑞典語、冰島語等。由於英語和德語同屬西日爾曼語支，在語音、字母、詞彙和語法等方面有很多互通或相似之處。相較而言，德語的詞彙變化更加多樣，語法也更具層次與變化。

　　按照現代德語方言結構劃分，由北向南，德語分為低地德語（Niederdeutsch）、中部德語（Mitteldeutsch）和上德語（Oberdeutsch）。而標準德語（Hochdeutsch）以低地德語為藍本，將下薩克森州首府漢諾威（Hannover）市周邊的方言語音作為德語標準音。

　　德語共有 30 個字母，除了英語的 26 個字母，德語還有 4 個字母，分別是 ä、ö、ü、ß。德語有很多單字的寫法和英文完全一樣，比如 Name、Student、Pilot、Service、Ball、in… 等，不同的是，如果是名詞的話，在德語裡首字母必須大寫。此外，也有很多詞彙十分相似，如：hierhere、fein-fine、gut-good、Freund-friend… 等。

　　常有人把德語和法語或者英語對比，認為法語是最優美的語言，而英語讀起來生動流暢，唯有德語如機器一般生硬拗口。事實上，如果熟練掌握德語語音，就會發現，每一種語言，都有其動人的一面。德語也有音標，但主要靠字母與字母組合的語音、發音規則來進行單字的拼讀，這一點比英語要簡單許多。非要說出德語不及英語、法語柔美的理由，大概是鮮有連讀，且

尾音不能省略的緣故。

一般認為德語文法難度較高，常被引用佐證的是馬克·吐溫有一段對德語的「吐槽」：一位智者可以在 30 小時內學會英語、30 天內學會法語，而要學會德語，得花 30 年時間。這段話讓很多人對德語望而卻步，也讓很多在德語學習中沉浮的人找到知己一般的認同。

不過，真正走近德語、學習德語，你便會發現，只要我們摒棄既有其他語言的先入為主觀念，重新認識一門新的語言，學會用所學語言的思維來看待語言本身，就可以認識到：其實，每一種語言都有其奧妙之處，也有其艱澀難懂的地方，但更多的是，我們可以發現德語的神奇與美麗，並徜徉在這個語言背後的文化、歷史、藝術、文明等廣闊的知識海洋裡。

以下附上德語字母表。

印刷體		書寫體		字母讀音	印刷體		書寫體		字母讀音
大寫	小寫	大寫	小寫		大寫	小寫	大寫	小寫	
A	a	A	a	[a:]	P	p	P	p	[pe:]
B	b	B	b	[be:]	Q	q	Q	q	[ku:]
C	c	C	c	[tse:]	R	r	R	r	[ɛr]
D	d	D	d	[de:]	S	s	S	s	[ɛs]
E	e	E	e	[e:]	T	t	T	t	[te:]
F	f	F	f	[ɛf]	U	u	U	u	[u:]
G	g	G	g	[ge:]	V	v	V	v	[fao]
H	h	H	h	[ha:]	W	w	W	w	[ve:]
I	i	I	i	[i:]	X	x	X	x	[iks]
J	j	J	j	[jɔt]	Y	y	Y	y	[ypsilɔn]
K	k	K	k	[ka:]	Z	z	Z	z	[tsɛt]
L	l	L	l	[ɛl]		ß		ß	[ɛstsɛt]
M	m	M	m	[ɛm]	Ä	ä	Ä	ä	[ɛ:]
N	n	N	n	[ɛn]	Ö	ö	Ö	ö	[ø:]
O	o	O	o	[o:]	Ü	ü	Ü	ü	[y:]

※在德語中，多音節單字的重音，通常在第一音節，如上面的 [ypsilɔn]，本書中不再一一標注。

※ä、ö、ü 為 a、o、u 的「變母音」

請聽著音檔跟讀。

字母	發音	書寫體	字母讀音
A	[a:]	P	[pe:]
B	[be:]	Q	[ku:]
C	[tse:]	R	[εr]
D	[de:]	S	[εs]
E	[e:]	T	[te:]
F	[εf]	U	[u:]
G	[ge:]	V	[fao]
H	[ha:]	W	[ve:]
I	[i:]	X	[iks]
J	[jɔt]	Y	[ypsilɔn]
K	[ka:]	Z	[tsεt]
L	[εl]	ß	[εstsεt]
M	[εm]	Ä	[ε:]
N	[εn]	Ö	[ø:]
O	[o:]	Ü	[y:]

02 母音

1_02_01.mp3

[a:]

Step 1 跟著德語老師學發音

發音方法〉 [a:] 為長母音。發音時口自然張開，開口大，舌平放，舌尖輕抵下門齒。基本上口型與中文的「啊」型相似，但嘴巴要稍張大些。

側面口型圖	真人口型圖	形象代言
		Bahn 軌道

Step 2 讀音規則

若母音字母 a 後面沒有或只有一個子音字母，以及在字母組合 aa、ah 等情況下，均發長音 [a:]。例如：

字母或字母組合	a		aa	ah
例子	**da**	**Dame**	**Haar**	**Kahn**
音標	[da:]	[da:mə]	[ha:ɐ]	[ka:n]
意思	那兒	女士	頭髮	小船

※ 一般德語單字的重音都在第一音節，如 [ˋda:mə]，本書為方便使用，不標注此重音位置。

Step 3 讀單字，練發音

a

名字	**Name**
音標	**[na:mə]**

女士	**Dame**
音標	**[da:mə]**

氣體	**Gas**
音標	**[ga:s]**

捐贈	**Gabe**
音標	**[ga:bə]**

白天	**Tag**①
音標	**[ta:k]**

晚上	**Abend**②
音標	**[a:bənt]**

ah

旗幟	**Fahne**
音標	**[fa:nə]**

軌道	**Bahn**
音標	**[ba:n]**

aa

大廳	**Saal**③
音標	**[za:l]**

天秤	**Waage**
音標	**[va:gə]**

① 字母 g 在音節末尾，讀作 [k]。
② 字母 d 在音節末尾，讀作 [t]。
③ 字母 s 在母音字母前，讀作 [z]。

Unit 02 母音

[a]

Step 1 跟著德語老師學發音

發音方法〉[a] 為短母音。基本來說,發音時口型與長母音 [a:] 發音方式相同,但更加短促有力,嘴巴張得更大,下頜略垂。

側面口型圖	真人口型圖	形象代言

Kamm 梳子

Step 2 讀音規則

母音字母 a 後面有兩個或兩個以上子音字母時,發短音 [a];但有部分單字中的 a 後面只有一個子音字母,也讀短音。例如:

字母或字母組合	a1		a2	
例子	**Ball**	**bald**	**was**	**hat**
音標	[bal]	[balt]	[vas]	[hat]
意思	球	不久	什麼	有

Step 3 讀單字，練發音

a1

城市	Stadt①
音標	[ʃtat]

壺	Kanne
音標	[kanə]

客人	Gast
音標	[gast]

然後	dann
音標	[dan]

阿姨	Tante
音標	[tantə]

國家	Land
音標	[lant]

男人	Mann
音標	[man]

梳子	Kamm
音標	[kam]

a2

在…旁邊	an
音標	[an]

這個	das
音標	[das]

① 字母組合 st 中 t 為不送氣清音（類有聲子音），聽起來似 [ʃd]；字母組合 dt，讀作 [t]。

[iː]

Step
1
跟著德語老師學發音

發音方法〉 [iː] 為長母音。發音時雙唇微開，舌尖緊抵下門齒，嘴角儘量往兩邊裂。

側面口型圖	真人口型圖	形象代言
		Dieb 小偷

Step
2
讀音規則

母音字母 i 後面沒有或只有一個子音字母，以及字母組合是 ie、ih、ieh 時，均發長音 [iː]。例如：

字母或字母組合	i	ie	ih	ieh
例子	**Tiger**	**Bier**	ihr	**Vieh**
音標	[tiːgəɐ] ①	[biːɐ]	[iːɐ]	[fiː]
意思	老虎	啤酒	你們；她的	家畜

① 本書為了方便初學者更精準掌握讀音，輕音節 er 中的 e 均標注其音標 [ə]。

Step 3 讀單字，練發音

i

中國	China[1]
音標	[çi:na]

危機	Krise[2]
音標	[kri:zə]

我	mir
音標	[mi:ɐ]

ie

愛情	Liebe
音標	[li:bə]

租金	Miete
音標	[mi:tə]

小偷	Dieb[3]
音標	[di:p]

ih

他	ihn
音標	[ì:n]

他們	ihnen
音標	[i:nən]

ieh

逃避	fliehen
音標	[fli:ən]

借出	geliehen
音標	[gə`li:ən]

① 字母 ch 此處讀作[ç]，類似中文的
「西」，請參考音檔示讀；a 在這裡
發短音。
② 字母 r 在音節開頭讀顫音 [r]。
③ 字母 b 在音節末尾讀 [p]。

Unit
02 母音

1_02_04.mp3

[i]

Step 1 跟著德語老師學發音

發音方法〉 [i] 為短音。發音時比發長音 [i:] 時嘴形要大，下巴略下垂，發音短促。

| 側面口型圖 | 真人口型圖 | 形象代言 |

dick 胖

Step 2 讀音規則

母音字母 i 後面有兩個或兩個以上的子音字母時，發短音 [i]。部分特殊的單字中，i 後面只有一個子音字母，也讀短音。例如：

字母或字母組合	i1		i2	
例子	**Kind**	**Kinn**	**bis**	**mit**
音標	[kint]	[kin]	[bis]	[mit]
意思	孩子	下巴	直到	和，與

Step 3 讀單字，練發音

i1

毒藥	Gift
音標	[gift]

閃爍	glimmen
音標	[glimən]

請	bitte
音標	[bitə]

詭計	List
音標	[list]

不	nicht
音標	[niçt]

正中	mitten
音標	[mitən]

找到	finden
音標	[findən]

胖	dick
音標	[dik]

i2

在…裡面	in
音標	[in]

是…	bin
音標	[bin]

$$[u:]$$

Step 1　跟著德語老師學發音

發音方法〉[u:] 為長母音。發音時雙唇儘量前伸，呈圓形，舌尖輕抵下門齒，上下齒微開，發音類似中文的「烏」，但雙唇更圓。

側面口型圖	真人口型圖	形象代言
		Uhr 鐘錶

Step 2　讀音規則

母音字母 u 後面沒有或只有一個子音字母，以及在字母組合 uh 情況下，都發長音 [u:]。例如：

字母或字母組合	u		uh	
例子	**Bude**	**du**	**Kuh**	**Ruhe**
音標	[bu:də]	[du:]	[ku:]	[ru:ə]
意思	小木屋	你	乳牛	安靜

Step 3 讀單字，練發音

u	
雌火雞	**Pute**
音標	**[pu:tə]**

好	**gut**
音標	**[gu:t]**

勇氣	**Mut**
音標	**[mu:t]**

現在	**nun**
音標	**[nu:n]**

做	**tun**
音標	**[tu:n]**

學校	**Schule**
音標	**[ʃu:lə]**

uh	
痢疾	**Ruhr**
音標	**[ru:ɐ]**

鞋子	**Schuh**①
音標	**[ʃu:]**

乳牛	**Kuh**
音標	**[ku:]**

鐘錶	**Uhr**
音標	**[u:ɐ]**

① 字母組合sch 讀 [ʃ]。

1_02_06.mp3

[u]

Step 1 跟著德語老師學發音

發音方法〉 [u] 為短母音。發音時口型比發 [u:] 時更大，下巴略垂，發音短促。

側面口型圖	真人口型圖	形象代言
		Hund 狗

Step 2 讀音規則

母音字母 u 後面有兩個或兩個以上子音字母時，發短音 [u]。例如：

字母或字母組合	u			
例子	**bunt**	**dumm**	**Bund**	**Puppe**
音標	[bunt]	[dum]	[bunt]	[pupə]
意思	彩色的	笨的	聯邦	玩具娃娃

u

嘴巴	Mund
音標	[munt]

狗	Hund
音標	[hunt]

和	und
音標	[unt]

藝術	Kunst
音標	[kunst]

顧客	Kunde
音標	[kundə]

母親	Mutter
音標	[mutɐe]

在…下面	unter
音標	[untɐe]

年輕	jung
音標	[juŋ]

深淵	Kluft
音標	[kluft]

下面	unten
音標	[untən]

1_02_07.mp3

$$[o:]$$

Step 1 跟著德語老師學發音

發音方法〉 [o:] 為長母音。發音時雙唇前伸，呈圓形，舌尖不碰抵下門齒。

側面口型圖	真人口型圖	形象代言

Mohn 罌粟

Step 2 讀音規則

母音字母 o 後面沒有或只有一個子音字母，以及在字母組合 oo、oh 時，均發長音 [o:]。例如：

字母或字母組合	o		oo	oh
例子	**Gobi**	**Go**	**Bot**	**Ohr**
音標	[go:bi:]	[go:]	[bo:t]	[o:ɐ]
意思	戈壁	圍棋	小船	耳朵

Step 3　讀單字，練發音

o

上方	oben
音標	[o:bən]

稱讚	loben
音標	[lo:bən]

差使	Bote
音標	[bo:tə]

豬圈	Koben
音標	[ko:bən]

oo

啟動	booten
音標	[bo:tən]

圍墾地	Koog
音標	[ko:k]

沼澤	Moor
音標	[mo:ɐ]

oh

工資	Lohn
音標	[lo:n]

沒有	ohne
音標	[o:nə]

罌粟	Mohn
音標	[mo:n]

1_02_08.mp3

$$[\mathfrak{c}]$$

Step 1 跟著德語老師學發音

發音方法〉[ɔ] 為短母音。發音時下巴略下垂，發音短促，即可發出短音。

側面口型圖	真人口型圖	形象代言
		Post 郵局

Step 2 讀音規則

母音字母 o 後面有兩個或兩個以上的子音字母時，發短音 [ɔ]。部分特定單字中，o 後面只有一個子音字母也可能發短音 [ɔ]。例如：

字母或字母組合	o1		o2	
例子	**Tonne**	**Koppe**	**Dorf**	**ob**
音標	[tɔnə]	[kɔpə]	[dɔrf]	[ɔp]
意思	噸	山峰	鄉村	是否

Step 3 讀單字，練發音

o1

大廳	Lobby
音標	[lɔbi]

東方	Osten
音標	[ɔstən]

來	kommen
音標	[kɔmən]

開著的	offen
音標	[ɔfən]

碼頭	Dock
音標	[dɔk]

那裡	dort
音標	[dɔrt]

上帝	Gott
音標	[gɔt]

郵局	Post
音標	[pɔst]

經常	oft
音標	[ɔft]

o2

是否	ob
音標	[ɔp]

02 母音

1_02_09.mp3

[e:]

跟著德語老師學發音

發音方法〉[e:] 為長母音。發音時雙唇呈扁平狀，上下齒微開，嘴角略向兩邊裂，舌尖抵下門齒。

| 側面口型圖 | 真人口型圖 | 形象代言 |

Kaffee 咖啡

讀音規則

母音字母 e 後面沒有或只有一個子音字母，以及字母組合 ee、eh 中，均發長音 [e:]。例如：

字母或字母組合	e		ee	eh
例子	**Hefe**	**Leben**	**Tee**	**sehen**
音標	[he:fə]	[le:bən]	[te:]	[ze:ən]
意思	酵母	生命	茶	看見

e

平的	eben
音標	[e:bən]

在…附近	neben
音標	[ne:bən]

給	geben
音標	[ge:bən]

誰	wer
音標	[ve:ɐ]

ee

空的	leer
音標	[le:ɐ]

背風面	Lee
音標	[le:]

咖啡	Kaffee
音標	[ka`fe:]

eh

婚姻	Ehe
音標	[e:ə]

更多	mehr
音標	[me:ɐ]

走	gehen
音標	[ge:ən]

Unit

02 母音

[ɛ]

跟著德語老師學發音

發音方法〉[ɛ] 為短母音。發音時舌位如發 [e:]，下巴略下垂，嘴張得更大，上下門牙些微分開，發音短促。

側面口型圖	真人口型圖	形象代言
		Geld 錢

讀音規則

母音字母 e 以及變母音字母 ä，後面有兩個或兩個以上的子音字母時，發短音 [ɛ]。例如：

字母或字母組合	e		ä	
例子	**Heft**	**Bett**	**Hände**	**Kälte**
音標	[hɛft]	[bɛt]	[hɛnd]	[kɛltə]
意思	練習本	床	手	寒冷

Step 3 讀單字，練發音

e	
因為	**denn**
音標	[dɛn]
錢	**Geld**
音標	[gɛlt]
可愛的	**nett**
音標	[nɛt]
測試	**Test**
音標	[tɛst]
吃	**essen**
音標	[ɛsən]
認識	**kennen**
音標	[kɛnən]

ä	
卷，冊	**Bände**
音標	[bɛndə]
球	**Bälle**
音標	[bɛlə]
男人	**Männer**
音標	[mɛnɐ]
梳子	**kämmen**
音標	[kɛmən]

1_02_11.mp3

[ɛ:]

Step 1 跟著德語老師學發音

發音方法〉 [ɛ:] 為長母音。發音時先發 [e]，舌位保持不變，然後下巴下垂，嘴慢慢張大，如發 [a:] 狀。

側面口型圖	真人口型圖	形象代言

Käse 奶酪

Step 2 讀音規則

變母音字母 **ä** 後面沒有或只有一個子音字母時，以及在字母組合 **äh** 中，均發長音 [ɛ:]。例如：

字母或字母組合	ä		äh	
例子	**Bär**	**Häfen**	**wählen**	**zählen**
音標	[bɛ:ɐ]	[hɛ:fən]	[vɛ:lən]	[tsɛ:lən]
意思	熊	監獄	選擇	計算

Step 3 讀單字，練發音

ä	
丹麥人	**Däne**
音標	**[dɛ:nə]**

乳酪	**Käse**
音標	**[kɛ:zə]**

來到	**käme**
音標	**[kɛ:mə]**

父親們	**Väter**
音標	**[fɛ:təɐ]**

罪犯	**Täter**
音標	**[tɛ:təɐ]**

商店	**Läden**
音標	**[lɛ:dən]**

äh	
足跡	**Fähte**
音標	**[fɛ:etə]**

附近	**Nähe**
音標	**[nɛ:ə]**

牙齒	**Zähne**[1]
音標	**[tsɛ:nə]**

縫製	**nähen**
音標	**[nɛ:ən]**

---

[1] 字母 z 發 [ts] 的音。

Unit
02 母音

1_02_12.mp3

[ə]

Step 1 跟著德語老師學發音

發音方法〉 [ə] 為短母音。發音時雙唇微開，下巴略下垂，舌半收於齒門內，舌尖抵下門牙，吐氣輕。

側面口型圖	真人口型圖	形象代言

gebacken 烤

Step 2 讀音規則

母音字母 e 在非重音節的字首 be、ge 中，以及在非重音節的字尾中，發輕音 [ə]。例如：

字母或字母組合	e		be	ge
例子	**Katze** ①	**Farbe**	**bekommen**	**gewinnen**
音標	[katsə]	[farbə]	[bə`kɔmən]	[gə`vinən]
意思	貓	顏色	得到	贏得

① 字母組合 tz 讀作 [ts]。

Step 3 讀單字，練發音

e

女士	Dame
音標	[da:mə]

名字	Name
音標	[na:mə]

所有	alle
音標	[alə]

請	bitte
音標	[bitə]

日子	Tage
音標	[ta:gə]

愛	lieben
音標	[li:bən]

be

得到	bezahlen
音標	[bə`tsa:lən]

為⋯命名	benennen
音標	[bə`nɛnən]

ge

烤	gebacken
音標	[gə`bakən]

思想	Gedanke[1]
音標	[gə`daŋkə]

① 字母組合 nk 發 [ŋk] 的音。

[ø:]

Step 1 跟著德語老師學發音

發音方法〉[ø:] 為長母音。[ø:] 是 [e:] 的唇化音。發音時先發 [e:]，同時將嘴前伸至發 [o:] 的形狀，雙唇緊緊有力地呈圓形。

| 側面口型圖 | 真人口型圖 | 形象代言 |

Löwe 獅子

Step 2 讀音規則

變母音字母 ö 後面沒有或只有一個子音字母時，以及在字母組合 öh、oe 中，均發長音 [ø:]。例如：

字母或字母組合	ö		öh	oe
例子	**ödem**	**Flöte**	**Möhre**	**Goethe**
音標	[ø:ˋde:m]	[flø:tə]	[mø:rə]	[gø:tə]
意思	水腫	長笛	胡蘿蔔	歌德

Step 3 讀單字，練發音

ö		öh	
爐灶	**Öfen**	洞穴	**Höhle**
音標	[ø:fən]	音標	[hø:lə]
鳴響	tönen	把…吹乾	föhnen
音標	[tø:nən]	音標	[fø:nən]
殺害	töten	高度	Höhe
音標	[tø:tən]	音標	[hø:ə]
不毛之地	Öde	工資	Löhne
音標	[ø:də]	音標	[lø:nə]

ö		oe	
獅子	Löwe	歌德	Goethe
音標	[lø:və]	音標	[gø:tə]

1_02_14.mp3

[œ]

Step 1 跟著德語老師學發音

發音方法〉[œ] 為短母音。[œ] 是 [ɛ] 的唇化音。發音時可以先發長音 [øː]，然後下顎下垂，雙唇前伸呈圓形。

側面口型圖	真人口型圖	形象代言

Löffel 勺，匙

Step 2 讀音規則

變母音字母 ö 後面有兩個或兩個以上子音字母時，發短音 [œ]。例如：

字母或字母組合	ö			
例子	**Köln**	**Mörder**	**Söller**	**Löffel**
音標	[kœln]	[mœrdəɐ]	[zœləɐ]	[lœfəl]
意思	科隆	殺人犯	陽臺	勺，匙

Step 3 讀單字，練發音

ö

打開	öffnen
音標	[œfnən]

能夠	können
音標	[kœnən]

地獄	Hölle
音標	[hœlə]

斜齒鯿	Plötze
音標	[plœtsə]

村莊	Dörfer
音標	[dœrfəɐ]

神	Götter
音標	[gœtəɐ]

勺，匙	Löffel
音標	[lœfəl]

想要	möchten
音標	[mœçtən]

去除	löschen
音標	[lœʃən]

女兒	Töchter
音標	[tœçtəɐ]

1_02_15.mp3

$$[y:]$$

發音方法〉[y:] 為長母音。發音時舌位如發 [i:]，雙唇前伸呈圓形，如發 [u:] 狀。

側面口型圖	真人口型圖	形象代言

Blüte 花朵

變母音字母 ü 及半母音字母 y 後面沒有或只有一個子音字母，以及字母組合 üh，均發長音 [y:]。例如：

字母或字母組合	ü		y	üh
例子	**Tür**	**Übung**	**Typ**	**kühl**
音標	[ty:ɐ]	[y:buŋ]	[ty:p]	[ky:l]
意思	門	練習	類型	涼爽的

Step 3 讀單字，練發音

ü

為了	für
音標	[fy:ɐ]

花朵	Blüte
音標	[bly:tə]

南方	Süden
音標	[zy:dən]

學生	Schüler
音標	[ʃy:lɐ]

y

避難所	Asyl
音標	[aˋzy:l]

詩歌	Lyrik
音標	[ly:rik]

典型	Typus
音標	[ty:pus]

類型	Typ
音標	[ty:p]

üh

混凝土	Flüh
音標	[fly:]

感覺	fühlen
音標	[fy:lən]

1_02_16.mp3

[y]

發音方法〉[y] 為短母音。發音時先發長音 [y:]，然後下顎下垂，即可發出
[y]。

側面口型圖	真人口型圖	形象代言
		Würfel 骰子

變母音字母 ü 及半母音字母 y 後面有兩個或兩個以上子音字母時，發短音
[y]。例如：

字母或字母組合	ü		y	
例子	**Würfel**	**Gürtel**	**Symbol**	**Synagoge**
音標	[vyrfəl]	[gyrtəl]	[zym`bo:l]	[zyna`go:gə]
意思	骰子，色子	腰帶	象徵	猶太教堂

Step 3 讀單字，練發音

ü

必須	müssen
音標	[mysən]

幸運	Glück
音標	[glyk]

瘦的	dünn
音標	[dyn]

海岸	Küste
音標	[kystə]

五	fünf
音標	[fynf]

骰子	Würfel
音標	[vyrfəl]

y

埃及人	Ägypter
音標	[ɛ`gyptəɐ]

企業集團	Syndikat
音標	[zyndi`ka:t]

同情	Sympathie
音標	[zympa`ti:]

體系	System
音標	[zys`te:m]

1_02_17.mp3

[ae]

跟著德語老師學發音

發音方法〉[ae] 為複合母音。發音時先發 [a]，再發長音短讀的 [e]，發 [a] 時
要清晰有力，然後迅速下滑到 [e]，合併發音與英語中 I 相似。

側面口型圖	真人口型圖	形象代言

Mais 玉米

讀音規則

字母組合 ai、ei、ey、ay 均發複合母音 [ae]。例如：

字母或字母組合	ai	ei	ey	ay
例子	**Kai**	**Ei**	**Meyer**	**Bayern**
音標	[kae]	[ae]	[maeəɐ]	[baeəɐn]
意思	碼頭	雞蛋	邁爾（人名）	巴伐利亞州

Step 3 讀單字,練發音

ai

玉米	Mais
音標	[maes]

五月	Mai
音標	[mae]

ei

雙方	beide
音標	[baedə]

小的	klein
音標	[klaen]

故鄉	Heimat
音標	[haema:t]

我的	mein
音標	[maen]

ey

拜爾	Beyer
音標	[baeəɐ]

邁爾	Meyer
音標	[maeəɐ]

ay

巴伐利亞州	Bayern
音標	[baeəɐn]

圖層	Layer
音標	[laeəɐ]

1_02_18.mp3

[ao]

Step 1 跟著德語老師學發音

發音方法〉[ao] 為複合母音。發音時先發 [a]，再發長音短讀的 [o]，發音緊促，合成一個音。

側面口型圖	真人口型圖	形象代言
		Auge 眼睛

Step 2 讀音規則

字母組合 au 發複合母音 [ao]。例如：

字母或字母組合	au			
例子	**Auto**	**Auge**	**Baum**	**Faust**
音標	[aoto]	[aogə]	[baom]	[faost]
意思	汽車	眼睛	樹	拳頭

Step 3 讀單字，練發音

au

建築	Bau
音標	[bao]

河灘	Aue
音標	[aoə]

大聲的	laut
音標	[laot]

藍色的	blau
音標	[blao]

夢想	Traum
音標	[traom]

母豬	Sau
音標	[zao]

房屋	Haus
音標	[haos]

建造	bauen
音標	[baoən]

相信	glauben
音標	[glaobən]

購買	kaufen
音標	[kaofən]

1_02_19.mp3

[ɔø]

發音方法〉[ɔø] 為複合母音。發音時先發 [ɔ]，再發長音短讀的 [ø]，前者發音重些，後者發音輕些，要發成一個音。

側面口型圖	真人口型圖	形象代言

Bäume 樹

字母組合 eu、äu 均發複合母音 [ɔø]。例如：

字母或字母組合	eu		äu	
例子	**Eule**	**Keule**	**Läufer**	**Gebäude**
音標	[ɔølə]	[kɔølə]	[lɔøfəɐ]	[gə`bɔødə]
意思	貓頭鷹	木棍	田徑選手	建築物

Step 3 讀單字，練發音

eu			äu		

新的	neu		樹	Bäume
音標	[nɔø]		音標	[bɔømə]

今天	heute		房屋	Häuser
音標	[hɔøtə]		音標	[hɔøzəɐ]

九	neun		打掃	säubern
音標	[lɔot]		音標	[zɔøbəɐn]

貴的	teuer		堆起	häufen
音標	[tɔøəɐ]		音標	[hɔøfən]

歐洲	Europa
音標	[ɔøro:pa:]

① 字母組合 tsch 發 [tʃ] 的音。

德語	Deutsch ①
音標	[dɔøtʃ]

Unit

03 子音

[p]

Step 1 跟著德語老師學發音

發音方法〉[p] 為無聲子音。發音時雙唇緊閉，舌頭平放，有力送氣，衝破閉合的雙唇，形成爆破氣流。

側面口型圖	真人口型圖	形象代言
		Obst 水果

Step 2 讀音規則

字母 p、字母組合 pp 發無聲子音 [p]。字母 b 位於尾音節，或其後沒有母音時也發 [p]。例如：

字母或字母組合	p		pp	b
例子	**Panda**	**Lampe**	**Lippe**	**Dieb**
音標	[panda]	[lampə]	[lipə]	[di:p]
意思	熊貓	燈	嘴唇	小偷

Step 3 讀單字，練發音

p

計畫	Plan
音標	[pla:n]

爸爸	Papa
音標	[papa]

波蘭	Polen
音標	[po:lən]

紙	Papier
音標	[pa`pi:ɐ]

pp

公事包	Mappe
音標	[mapə]

礁石	Klippe
音標	[klipə]

玩具娃娃	Puppe
音標	[pupə]

b

從…開始	ab
音標	[ap]

親愛的	lieb
音標	[li:p]

水果	Obst
音標	[opst]

Unit 03 子音

[b]

Step 1　跟著德語老師學發音

發音方法〉 [b] 為有聲子音。基本上，發音時嘴形變化與發 [p] 相同，但送氣要弱，且聲帶振動。

側面口型圖	真人口型圖	形象代言
		Bus 公共汽車

Step 2　讀音規則

字母 b、字母組合 bb 均發有聲子音 [b]。例如：

字母或字母組合	b		bb	
例子	**Banane**	**Biene**	**Krabbe**	**Ebbe**
音標	[ba`na:nə]	[bi:nə]	[krabə]	[ɛbə]
意思	香蕉	蜜蜂	小寶寶	退潮

Step 3 讀單字，練發音

b

鐵路	**Bahn**
音標	[ba:n]

公共汽車	**Bus**
音標	[bu:s]

花朵	**Blume**
音標	[blu:mə]

樹	**Baum**
音標	[baom]

平的	eben
音標	[e:bən]

洗澡	baden
音標	[ba:dən]

bb

安息日	**Sabbat**
音標	[zabat]

流口水	**sabbern**
音標	[zabəen]

（冒泡）發出咕嚕聲	**blubbern**
音標	[blubəen]

神祕教義	**Kabbala**
音標	[kaba:la:]

57

03 子音

1_03_03.mp3

[t]

Step 1 跟著德語老師學發音

發音方法〉[t] 為無聲子音。發音時雙唇微開，舌尖緊抵上門牙，形成阻塞，用力送氣衝破阻礙。

| 側面口型圖 | 真人口型圖 | 形象代言 |

Tee 茶

Step 2 讀音規則

字母 t，以及字母組合 tt、dt、th 均發無聲子音 [t]。字母 d 位於尾音節，也會發無聲子音 [t]。例如：

字母或字母組合	t	tt	dt	th	d
例子	**Treppe**	**Butter**	**Stadt**	**Thomas**	**Wald**
音標	[trɛpə]	[butəɐ]	[ʃdat]	[to:mas]	[valt]
意思	樓梯	奶油	城市	湯瑪斯	森林

Step 3 讀單字，練發音

t

好	gut
音標	[gu:t]

茶	Tee
音標	[te:]

tt

中間	Mitte
音標	[mitə]

平坦	glatt
音標	[glat]

dt

親戚	Verwandte
音標	[fɛɛˋvantə]

波爾特（姓）	Bohrdt
音標	[boːɐt]

th

主題	Thema
音標	[tɔ:mɑ]

論點	These
音標	[te:zə]

d

和	und
音標	[unt]

歌曲	Lied
音標	[li:t]

1_03_04.mp3

[d]

Step 1 跟著德語老師學發音

發音方法〉[d] 為有聲子音。發音時,基本上嘴形與發 [t] 相同,但送氣要弱,且聲帶振動。

側面口型圖	真人口型圖	形象代言
		Dame 女士

Step 2 讀音規則

字母 d、字母組合 dd,均發有聲子音 [d]。例如:

字母或字母組合	d		dd	
例子	**baden**	**dein**	**Pudding**	**Paddel**
音標	[ba:dən]	[daen]	[pudiŋ]	[padəl]
意思	洗澡	你的	布丁	槳

d		**dd**	
你	**du**	（盛烈酒的）瓶	**Buddel**
音標	**[du:]**	音標	**[budəl]**
因為	**denn**	（在沙堆裡）挖著玩	**buddeln**
音標	**[dɛn]**	音標	**[budəln]**
那裡	**dort**	公羊	**Widder**
音標	**[dɔrt]**	音標	**[vidəɐ]**
笨的	**dumm**	划槳	**paddeln**
音標	**[dum]**	音標	**[padəln]**
女士	**Dame**		
音標	**[da:mə]**		
歌曲	**Lieder**		
音標	**[li:dəɐ]**		

$$[k]$$

Step 1 跟著德語老師學發音

發音方法〉 [k] 為無聲子音。發音時雙唇微開，舌面向硬顎抬起形成阻塞，然後強烈送氣衝開阻塞。

側面口型圖	真人口型圖	形象代言
		Knabe 男孩

Step 2 讀音規則

字母 k，字母組合 kk、ck 均發無聲子音 [k]。字母 g 位於尾音節，也發無聲子音 [k]，但字母組合 ig 除外。字母 c 在外來語中，位於母音字母 a、o、u 前面時多發 [k]。另外在部分外來語中，字母組合 ch 也發 [k] 的音。例如：

字母或字母組合	k	kk	g	ck	c	ch
例子	**Kamel**	**Akku**	**Bug**	**Wecker**	**Café**	**Chor**
音標	[ka`me:l]	[aku:]	[bu:k]	[vɛkəɐ]	[ka`fe:]	[ko:ɐ]
意思	駱駝	蓄電池	船首	鬧鐘	咖啡館	合唱

Step 3 讀單字，練發音

k

大木塊	**Kloben**
音標	**[klo:bən]**

男孩	**Knabe**
音標	**[kna:bə]**

kk

第四格，受詞	**Akkusativ**
音標	**[akuzati:f]**

g

聰明的	**klug**
音標	**[klu:k]**

白天	**Tag**
音標	**[ta:k]**

ck

角落	**Ecke**
音標	**[ɛkə]**

烤	**backen**
音標	**[bakən]**

c

露營	**Camping**
音標	**[kɛmpiŋ]**

披肩	**Cape**
音標	**[ke:p]**

ch

性格	**Charakter**
音標	**[ka`raktəɐ]**

03 子音

1_03_06.mp3

[g]

跟著德語老師學發音

發音方法〉 [d] 為有聲子音。發音時，基本上嘴形與發 [k] 相同，但送氣要
弱，且聲帶振動。

側面口型圖	真人口型圖	形象代言
		Magen 胃

讀音規則

字母 g、字母組合 gg，字母組合 ig 後加有 e、er 時，g 發有聲子音 [g]。例
如：

字母或字母組合	g		gg	ig-
例子	**Gold**	**Gummi**	**Flagge**	**günstiger**
音標	[gɔlt]	[gumi]	[flagə]	[gynstigɐ]
意思	黃金	橡膠	旗幟	更有利

Step 3 讀單字，練發音

g

好	gut
音標	[gu:t]

位置	Lage
音標	[la:gə]

足夠	genug
音標	[gə`nu:k]

胃	Magen
音標	[ma:gən]

給	geben
音標	[ge:bən]

平坦	glatt
音標	[glat]

gg

挖土機	Bagger
音標	[bagɐ]

（布的）織邊	Egge
音標	[ɛgə]

(i)g-

更重要	wichtiger
音標	[viçtigɐ]

更正確	richtiger
音標	[riçtigɐ]

[l]

發音方法〉 舌尖緊抵上門齒,唇微開,舌面前抬,送氣,氣流通過舌葉兩側
呼出發音,聲帶振動,發出 [l]。

| 側面口型圖 | 真人口型圖 | 形象代言 |

Gabel 餐叉

字母 l、字母組合 ll 均發 [l]。例如:

字母或字母組合	l		ll	
例子	**Lampe**	**Nadel**	**Halle**	**toll**
音標	[lampə]	[na:dəl]	[halə]	[tɔl]
意思	燈	針	大廳	極好的

Step 3　讀單字，練發音

I

商店	Laden
音標	[la:dən]

國家	Land
音標	[lant]

讚揚	loben
音標	[lo:bən]

生活	leben
音標	[le:bən]

電線	Kabel
音標	[ka:bəl]

（餐具用的）叉子	Gabel
音標	[ga:bəl]

II

公牛	Bulle
音標	[bulə]

全部	alle
音標	[alə]

零	Null
音標	[nul]

球	Ball
音標	[bal]

Unit
03 子音

1_03_08.mp3

[m]

跟著德語老師學發音

發音方法〉[m] 為有聲子音。發音時雙唇輕合，舌面平放，通過鼻腔振動聲帶發音。

| 側面口型圖 | 真人口型圖 | 形象代言 |

Musik 音樂

讀音規則

字母 m、字母組合 mm 均發 [m]。例如：

字母或字母組合	m		mm	
例子	**Mund**	**Ampel**	**Himmel**	**Kamm**
音標	[munt]	[ampəl]	[himəl]	[kam]
意思	嘴巴	紅綠燈	天空	梳子

Step 3 讀單字，練發音

m	
母親	**Mutter**
音標	**[mutəɐ]**
勇氣	**Mut**
音標	**[mu:t]**
音樂	**Musik**
音標	**[muˈzi:k]**
星期一	**Montag**
音標	**[mo:nta:k]**
蒸氣	**Dampf**
音標	**[dampf]**
麻木的	**lahm**
音標	**[la:m]**

mm	
一直	**immer**
音標	**[iməɐ]**
小房間	**Kammer**
音標	**[kaməɐ]**
笨的	**dumm**
音標	**[dum]**
堤岸	**Damm**
音標	**[dam]**

[n]

發音方法〉[n] 為有聲子音。發音時唇齒微開，舌前端抵上門齒，軟齶下垂，通過鼻腔振動聲帶發音。

側面口型圖	真人口型圖	形象代言

Fahne 旗幟

字母 n、字母組合 nn 均發 [n]。例如：

字母或字母組合	n		nn	
例子	**Knabe**	**Sohn**	**Sonne**	**Bonn**
音標	[kna:bə]	[zo:n]	[zɔnə]	[bɔn]
意思	男孩	兒子	太陽	波恩（市）

n	
近的	nahe
音標	[na:ə]

旗幟	Fahne
音標	[fa:nə]

名字	Name
音標	[namə]

溝槽	Nut
音標	[nu:t]

現在	nun
音標	[nu:n]

做	tun
音標	[tun]

nn	
在…之內	binnen
音標	[binən]

認識	kennen
音標	[kɛnən]

然後	dann
音標	[dan]

能夠	kann
音標	[kan]

1_03_10.mp3

$$[ŋ]$$

Step 1 跟著德語老師學發音

發音方法〉 [ŋ] 是有聲子音。發音時嘴微張，舌尖靠近下門齒，舌面上抬貼住硬齶形成阻塞，軟齶下垂，氣流通過鼻腔，同時振動聲帶。

側面口型圖	真人口型圖	形象代言
		Engel 天使

Step 2 讀音規則

字母組合 ng 發有聲子音 [ŋ]。例如：

字母或字母組合	ng			
例子	**Ring**	**lang**	**Zeitung**	**singen**
音標	[riŋ]	[laŋ]	[tsaetuŋ]	[ziŋən]
意思	戒指	長的	報紙	歌唱

Step 3　讀單字，練發音

ng

練習	**Übung**
音標	**[y:buŋ]**

天使	**Engel**
音標	**[ɛŋəl]**

男孩	**Junge**
音標	**[juŋə]**

害怕	**Angst**
音標	**[aŋst]**

開始	**Anfang**
音標	**[anfaŋ]**

缺乏	**mangeln**
音標	**[maŋəln]**

聽起來…	**klingen**
音標	**[kllŋən]**

饑餓	**Hunger**
音標	**[huŋəɐ]**

狹窄的	**eng**
音標	**[ɛŋ]**

春天	**Frühling**
音標	**[fry:liŋ]**

1_03_11.mp3

[ŋk]

Step 1 跟著德語老師學發音

發音方法〉發音時先發有聲子音 [ŋ]，再發無聲子音 [k]。連續起來，發 [ŋk]。

側面口型圖	真人口型圖	形象代言
		Onkel 叔叔

Step 2 讀音規則

字母組合 nk 發 [ŋk]。例如：

字母或字母組合	nk			
例子	**Bank**	**Schrank**	**Getränk**	**lenken**
音標	[baŋk]	[ʃraŋk]	[gə`trɛŋk]	[lɛŋkən]
意思	銀行	櫃子	飲料	控制

Step 3 讀單字，練發音

nk

叔叔	**Onkel**
音標	**[ɔŋkəl]**

點，句號	**Punkt**
音標	**[puŋkt]**

在左邊	**links**
音標	**[liŋks]**

孫子	**Enkel**
音標	**[ɛŋkəl]**

贈送	**schenken**
音標	**[ʃɛŋkən]**

感謝	**danken**
音標	**[daŋkən]**

黑暗的	**dunkel**
音標	**[duŋkəl]**

思考	**denken**
音標	**[dɛŋkən]**

患病的	**krank**
音標	**[kraŋk]**

使下沉	**senken**
音標	**[zɛŋkən]**

Unit
03 子音

1_03_12.mp3

[f]

Step 1 跟著德語老師學發音

發音方法〉[f] 為無聲子音。發音時上排門齒貼下唇,形成縫隙,送氣,氣流通過縫隙形成摩擦發音。

| 側面口型圖 | 真人口型圖 | 形象代言 |

Kartoffel 馬鈴薯

Step 2 讀音規則

字母 f、字母組合 ff、ph,皆發無聲的 [f]。另外,字母 v 在德語單字及外來語單字的字尾也發無聲的 [f]。例如:

字母或字母組合	f	ff	ph	v
例子	**Seife**	**Koffer**	**Photo**	**vier**
音標	[zaefə]	[kɔfəɐ]	[foːto]	[fiːɐ]
意思	肥皂	箱子	相片	四

字母

母音

子音

語音知識

基礎文法與構句

最常用的情境分類單字

最常用的生活短句與會話

Step 3 讀單字，練發音

f

絮（狀物）	**Flocke**
音標	[flɔkə]

找到	**finden**
音標	[findən]

交易	**Kauf**
音標	[kaof]

深的	**tief**
音標	[ti:f]

ff

開著的	**offen**
音標	[ɔfən]

馬鈴薯	**Kartoffel**
音標	[kar`tɔfəl]

ph

物理	**Physik**
音標	[fy`zi:k]

階段	**Phase**
音標	[fa:zə]

v

父親	**Vater**
音標	[fa:təe]

積極的	**aktiv**
音標	[akti:f]

Unit
03 子音

1_03_13.mp3

發音方法〉 [v] 為有聲子音。發音時嘴形變化同 [f]，但送氣更強，聲帶振動。

側面口型圖	真人口型圖	形象代言
		Visum 簽證

字母 w 發 [v] 的音。字母 v 在一些外來語單字的首音節中也可能發 [v]。例如：

字母或字母組合	w		v	
例子	**Wasser**	**Möwe**	**Vase**	**Villa**
音標	[vasɐɐ]	[mø:və]	[va:zə]	[vila]
意思	水	海鷗	花瓶	別墅

Step 3 讀單字，練發音

w

誰	wer
音標	[veːɐ]

什麼	was
音標	[vaːs]

單字	Wort
音標	[vɔrt]

溫暖的	warm
音標	[varm]

哪裡	wo
音標	[voː]

何時	wann
音標	[van]

v

橢圓形	Oval
音標	[oˈvaːl]

空缺的	vakant
音標	[vaˋkant]

簽證	Visum
音標	[viːzum]

（一副）餐具	Kuvert
音標	[kuˋvɛrt]

[s]

Step 1 跟著德語老師學發音

發音方法〉[s] 為無聲子音。發音時雙唇微開，上下門齒閉上，舌尖抵下門齒，舌面前部與上下門齒形成縫隙，氣流通過縫隙發生摩擦。

| 側面口型圖 | 真人口型圖 | 形象代言 |

Sklave 奴隸

Step 2 讀音規則

字母 s 在子音前以及末尾的音節讀無聲的 [s]。字母組合 ss 和字母 ß 也會發無聲 [s] 的音。例如：

字母或字母組合	s		ss	ß
例子	**Glas**	**Eis**	**Tasse**	**Fuß**
音標	[gla:s]	[aes]	[tasə]	[fu:s]
意思	玻璃	冰，冰淇淋	杯子	腳

s

氣體	**Gas**
音標	[ga:s]

奴隸	**Sklave**
音標	[skla:və]

客人	**Gast**
音標	[gast]

斯拉夫人	**Slawe**
音標	[sla:və]

ss

收銀台	**Kasse**
音標	[kasə]

更好	**besser**
音標	[bɛsəɐ]

ß

炎熱的	**heiß**
音標	[haes]

大小，數值	**Maß**
音標	[ma:s]

大的	**groß**
音標	[gro:s]

白種人	**Weiße**
音標	[vaesə]

[z]

 跟著德語老師學發音

發音方法〉[z] 為有聲子音。發音方法同 [s]，但聲帶要振動。

側面口型圖	真人口型圖	形象代言

Sonne 太陽

Step 2 **讀音規則**

字母 s 在母音前發 [z]。例如：

字母或字母組合	s			
例子	**See**	**Sand**	**Hose**	**so**
音標	[ze:]	[zant]	[ho:zə]	[zo:]
意思	湖，海	沙	褲子	如此

Step 3 讀單字，練發音

s

總數	Summe
音標	[zumə]

兒子	Sohn
音標	[zo:n]

音樂	Musik
音標	[mu`zi:k]

頁，面	Seite
音標	[zaetə]

閱讀	lesen
音標	[le:zən]

種子	Saat
音標	[za:t]

她	sie
音標	[zl:]

旅行	Reise
音標	[raezə]

太陽	Sonne
音標	[zɔnə]

皇帝	Kaiser
音標	[kaezəɛ]

1_03_16.mp3

[ts]

Step 1 跟著德語老師學發音

發音方法〉先發 [t] 音。送氣輕,同時強烈送氣發 [s] 音。兩個音要合起來,
發成一個音 [ts]。

側面口型圖	真人口型圖	形象代言
		Herz 心臟

Step 2 讀音規則

字母 z,字母組合 tz、ts、ds 均發 [ts]。字母 t 在字尾的字母組合 tion 中也
會發 [ts]。字母 c 在外來語中,位於母音字母 i、e 前面時,多發 [ts] 的音。
例如:

字母或字母組合	z	tz	ts	ds	t(ion)	c
例子	**Zug**	**Katze**	**rechts**	**abends**	**Lektion**	**Cent**
音標	[tsu:k]	[katsə]	[rɛçts]	[a:bənts]	[lɛk`tsio:n]	[tsɛnt]
意思	火車	貓	在右邊	晚上	課	分

Step 3 讀單字，練發音

z

數字	**Zahl**
音標	**[tsa:l]**

心臟	**Herz**
音標	**[hɛrts]**

tz

廣場，位置	**Platz**
音標	**[plats]**

網路	**Netz**
音標	**[nɛts]**

ts

在右邊	**rechts**
音標	**[rɛçts]**

已經	**bereits**
音標	**[bəˋraets]**

ds

無處	**nirgends**
音標	**[nirgənts]**

無人區	**Niemandsland**
音標	**[ni:mantslant]**

t(ion)

功能	**Funktion**
音標	**[fuŋkˋtsio:n]**

c

大概	**circa**
音標	**[tsirka]**

Unit
03 子音

跟著德語老師學發音

發音方法〉[ʃ] 為無聲子音。發音時雙唇儘量前伸並撅起，舌面前緣向上，齒齦抬起，但不觸及，氣流經舌面形成的縱槽通過舌尖和齒齦間的縫隙發出有力的摩擦音，不振動聲帶。

側面口型圖	真人口型圖	形象代言

Schule 學校

讀音規則

字母組合 sch 發 [ʃ] 的音。字母組合 st、sp[1]在單字開頭時，s 也可發 [ʃ] 的音。部分外來語中，ch 會發 [ʃ] 的音。例如：

字母或字母組合	sch	s(t)	s(p)	ch
例子	**Tasche**	**Stuhl**	**Spiegel**	**Champagner**
音標	[taʃə]	[ʃtuːl]	[ʃpiːgəl]	[ʃamˋpanjəɐ]
意思	包	椅子	鏡子	香檳酒

[1] 字母組合 st、sp 中的t、p，雖音標為無聲的 t、p，但因不送氣，聽起來像是 [ʃd]、[ʃb]。

Step 3 讀單字，練發音

sch

船	**Schiff**
音標	**[ʃif]**

學校	**Schule**
音標	**[ʃu:lə]**

光線	**Schein**
音標	**[ʃaen]**

辣的	**scharf**
音標	**[ʃarf]**

s(t)

大學生	**Student**
音標	**[ʃtu`dɛnt]**

小時	**Stunde**
音標	**[ʃtundə]**

s(p)

愉快	**Spaß**
音標	**[ʃpa:s]**

遲的	**spät**
音標	**[ʃpɛ:t]**

ch

機會，運氣	**Chance**
音標	**[ʃã:s(ə)]**

老闆，主管	**Chef**
音標	**[ʃɛf]**

1_03_18.mp3

$$[t\int]$$

Step 1 跟著德語老師學發音

發音方法〉[tʃ] 為無聲子音。雙唇微張向前突出，略呈圓形，舌尖和舌端抬起貼住上齒齦後部，憋住氣，然後舌尖稍稍下降，氣流從舌和齒齦間的狹縫中沖出，形成摩擦音。

| 側面口型圖 | 真人口型圖 | 形象代言 |

Datsche 假日別墅

Step 2 讀音規則

字母組合 tsch 發 [tʃ] 的音。部分外來語單字中字母 c 也發 [tʃ]。例如：

字母或字母組合	tsch			c
例子	**Kutsche**	**Deutsch**	**Peitsche**	**Cello**
音標	[kutʃə]	[dɔøtʃ]	[paetʃə]	[tʃɛlo]
意思	馬車	德語	皮鞭，馬鞭	大提琴

Step 3 讀單字，練發音

tsch

暴動，政變	**Putsch**
音標	[putʃ]

假日別墅	**Datsche**
音標	[datʃə]

查德	**Tschad**
音標	[tʃaːt]

再見	**tschüs**
音標	[tʃys]

滑倒	**rutschen**
音標	[rutʃən]

污泥	**Matsch**
音標	[matʃ]

吸吮	**lutschen**
音標	[lutʃən]

再見	**tschau**
音標	[tʃau]

c

大提琴演奏者	**Cellist**
音標	[tʃɛ`list]

羽管鍵琴	**Cembalo**
音標	[tʃɛmbalo]

Unit
03 子音

1_03_19.mp3

[r]

跟著德語老師學發音

發音方法〉[r] 為有聲子音，發顫音，用小舌或舌尖發音均可。舌尖發音：雙唇張開，下巴微垂，舌尖抬起，在氣流中自然地顫動。小舌發音：雙唇張開，舌尖抵下門齒，舌面向後抬起，小舌在氣流中顫動。

側面口型圖	真人口型圖	形象代言

Rasen 草坪

讀音規則

字母 r 在母音字母前，發顫音 [r]。在字母組合 rr 中也發 [r] 的音。例如：

字母或字母組合	r		rr	
例子	**Rad**	**Rhein**	**Barren**	**Karre**
音標	[ra:t]	[raen]	[barən]	[karə]
意思	車輪	萊茵河	（體育）雙槓	平板車

Step 3　讀單字，練發音

r	
建議	**Rat**
音標	**[ra:t]**
紅色的	**rot**
音標	**[ro:t]**
烤架	**Rost**
音標	**[rɔst]**
呼喊	**rufen**
音標	**[ru:fən]**
旅行	**reisen**
音標	**[raezən]**
草坪	**Rasen**
音標	**[ra:zən]**

rr	
乾旱	**Dürre**
音標	**[dyrə]**
瘋子	**Irre**
音標	**[irə]**
先生們	**Herren**
音標	**[hɛrən]**
硬拖，硬拉	**zerren**
音標	**[tsɛrən]**

Unit

03 子音

[ɐ]

Step 1 跟著德語老師學發音

發音方法〉[ɐ] 是 [r] 的弱化音。

側面口型圖	真人口型圖	形象代言

Tiger 老虎

Step 2 讀音規則

r 在字尾、長母音後要母音化，發 [ɐ] 的音。字母 r 在輕音節的字尾 er、ern、ert 等，以及在字首 er、ver、zer 中也母音化，發 [ɐ]。例如：

字母或字母組合	r		-er	er-
例子	**Tor**	**Ohr**	**Sommer**	**erleben**
音標	[toːɐ]	[oːɐ]	[zɔmɐ]	[ɛɐˋleːbən]
意思	球門，大門	耳朵	夏天	經歷

Step 3 讀單字，練發音

r

你們，她的	ihr
音標	[iːɐ]

老虎	Tiger
音標	[tiːgəɐ]

錶，鐘	Uhr
音標	[uːɐ]

焦油	Teer
音標	[teːɐ]

-er

孩子們	Kinder
音標	[kindəɐ]

阻礙	hindern
音標	[hindəɐn]

妨礙	behindert
音標	[bəhindəɐt]

er-

認出	erkennen
音標	[ɛɐˋkɛnən]

忘記	vergessen
音標	[fɛɐˋgɛsən]

拆開	zerlegen
音標	[tsɛɐˋleːgən]

[h]

Step 1 跟著德語老師學發音

發音方法〉 [h] 為無聲子音。發音時嘴自然張開，舌平放，送氣，氣流從口腔呼出。

側面口型圖	真人口型圖	形象代言

Hut 帽子

Step 2 讀音規則

字母 h 發子音 [h] 的音。例如：

字母或字母組合	h			
例子	**Haus**	**Hahn**	**Hund**	**Hai**
音標	[haos]	[ha:n]	[hunt]	[hae]
意思	房屋	公雞	狗	鯊魚

Step 3 讀單字，練發音

h

有	haben
音標	[ha:bən]

帽子	Hut
音標	[hu:t]

脖子	Hals
音標	[hals]

大廳	Halle
音標	[halə]

希望	hoffen
音標	[hɔfən]

褲子	Hose
音標	[ho:zə]

頭髮	Haar
音標	[ha:ɐ]

聽到	hören
音標	[hø:rən]

治癒	heilen
音標	[haelən]

家務	Haushalt
音標	[haoshalt]

1_03_22.mp3

[x]

Step 1 跟著德語老師學發音

發音方法〉 [x] 是無聲子音。發音時嘴半開，舌尖抵下門齒，舌面向軟顎抬起，氣流通過舌面和軟顎間的縫隙發摩擦音，不振動聲帶。

側面口型圖	真人口型圖	形象代言
		Kuchen 蛋糕

Step 2 讀音規則

字母組合 ch 在母音字母 a、o、u 及字母組合 au 之後發 [x]。例如：

字母或字母組合	-(a)ch	-(o)ch	-(u)ch	-(au)ch
例子	**Bach**	**Woche**	**Buch**	**Bauch**
音標	[bax]	[vɔxə]	[bux]	[baox]
意思	溪流	週，星期	書	肚子

Step 3 讀單字，練發音

-(a)ch

屋頂	Dach
音標	[dax]

八	acht
音標	[axt]

-(o)ch

廚師	Koch
音標	[kɔx]

仍然	noch
音標	[nɔx]

-(u)ch

癮	Sucht
音標	[zuxt]

逃跑	Flucht
音標	[fluxt]

蛋糕	Kuchen
音標	[kuxən]

-(au)ch

也	auch
音標	[aox]

冒煙	rauchen
音標	[raoxən]

需要	brauchen
音標	[braoxən]

03 子音

1_03_23.mp3

[ç]

跟著德語老師學發音

發音方法〉 [ç] 是無聲子音。發音時唇齒微開,嘴角略向後裂,舌面向硬齶抬起,舌尖接近下門齒,氣流通過舌面向硬齶間的縫隙發出摩擦音,不振動聲帶。

側面口型圖	真人口型圖	形象代言
		sprechen 説話

讀音規則

字母組合 ch 在a、o、u、au 後發 [x],其他情況下發 [ç]。字母組合 ig 在單字字尾時,字母 g 發 [ç],若其後有加 e、er 等時,g 發 [g] 的音。例如:

字母或字母組合	ch		(i)g	
例子	**Brötchen**	**Würstchen**	**geistig**	**mutig**
音標	[brø:tçən]	[vyrstçən]	[gaestiç]	[mu:tiç]
意思	小麵包	小香腸	有精神的	勇敢的

Step 3 讀單字，練發音

ch

中國	China
音標	[çi:na]

權利	Recht
音標	[rɛçt]

你	dich
音標	[diç]

濕的	feucht
音標	[fɔøçt]

一樣的	gleich
音標	[glaeç]

說話	sprechen
音標	[ʃprɛçən]

(i)g

有能力的	fähig
音標	[fɛ:iç]

重要的	wichtig
音標	[viçtiç]

完成的	fertig
音標	[fɛrtiç]

勤奮的	fleißig
音標	[flaesiç]

03 子音

1_03_24.mp3

[j]

Step 1 跟著德語老師學發音

發音方法〉[j] 為有聲子音。發音時唇齒微開，嘴角略向後裂，舌面向硬齶抬起，舌尖接近下門齒，氣流通過舌面與硬齶間的縫隙發出摩擦音。

| 側面口型圖 | 真人口型圖 | 形象代言 |

Jacke 短上衣

Step 2 讀音規則

字母 j 發 [j] 的音。字母 y 在母音前也發有聲的 [j]。例如：

字母或字母組合	j		y	
例子	**Joghurt**	**Jade**	**Yacht**	**Yak**
音標	[joːɡuet]	[jaːdə]	[jaxt]	[jaːk]
意思	優酪乳	玉	遊艇	犛牛

Step 3 讀單字，練發音

j

是	ja
音標	[ja:]

每個	jeder
音標	[je:dəɐ]

七月	Juli
音標	[ju:li]

短上衣	Jacke
音標	[jakə]

六月	Juni
音標	[ju:ni]

青年人	Jugend
音標	[ju:gənt]

y

碼	Yard
音標	[ja:et]

雅痞	Yuppie[1]
音標	[jupi]

瑜伽	Yoga
音標	[jo:ga]

日圓	Yen
音標	[jɛn]

[1] 外來語，ie 在這裡發短音 [i]。

[ks]

Step 1 跟著德語老師學發音

發音方法〉先發 [k]，後發 [s]。注意要發得乾脆，[k] 後面不要帶母音。

側面口型圖	真人口型圖	形象代言
		Ochse 公牛

Step 2 讀音規則

字母 x 發 [ks]。字母組合 chs、ks 也發 [ks]。例如：

字母或字母組合	x		chs	ks
例子	**Axt**	**Taxi**	**Fuchs**	**Keks**
音標	[akst]	[taksi]	[fuks]	[ke:ks]
意思	長柄斧	計程車	狐狸	餅乾

Step 3 讀單字，練發音

x

文本	Text
音標	[tɛkst]

傳真	Fax①
音標	[faks]

女巫	Hexe
音標	[hɛksə]

奢侈，豪華	Luxus
音標	[luksus]

chs

公牛	Ochse
音標	[ɔksə]

軸線	Achse
音標	[aksə]

更換	wechseln
音標	[vɛksəln]

生長	wachsen
音標	[vaksən]

ks

焦炭	Koks
音標	[ko:ks]

在左邊	links
音標	[liŋks]

① a 在這裡讀短音。

1_03_26.mp3

[pf]

跟著德語老師學發音

發音方法〉先發 [p]，送氣要輕；接著發 [f]，送氣重些，注意 [p] 後面不要帶
　　　　母音。

| 側面口型圖 | 真人口型圖 | 形象代言 |

Pfad 小路

讀音規則

字母組合 pf 發 [pf] 的音。例如：

字母或字母組合	pf			
例子	**Apfel**	**Pferd**	**Pfanne**	**Kopf**
音標	[apfəl]	[pfeːɐt]	[pfanə]	[kɔpf]
意思	蘋果	馬	平底鍋	頭

Step 3 讀單字，練發音

pf

受害者	Opfer
音標	[ɔpfəɐ]

胡椒	Pfeffer
音標	[pfɛfəɐ]

鍋，罐，盆	Topf
音標	[tɔpf]

小路	Pfad
音標	[pfa:t]

普法爾茨地區	Pfalz
音標	[pfalts]

椿	Pfahl
音標	[pfa:l]

義務	Pflicht
音標	[pfliçt]

教士	Pfaffe
音標	[pfafə]

戰爭	Kampf
音標	[kampf]

照料	pflegen
音標	[pfle:gən]

1_03_27.mp3

[kv]

Step 1 跟著德語老師學發音

發音方法〉發音時先發 [k]，再發 [v]。連讀起來，發 [kv]。

側面口型圖	真人口型圖	形象代言
		quer 交叉

Step 2 讀音規則

字母組合 qu 發 [kv]。例如：

字母或字母組合	qu			
例子	**Quelle**	**Quarz**	**Qualm**	**Quittung**
音標	[kvɛlə]	[kvarts]	[kvalm]	[kvituŋ]
意思	泉水	石英	濃煙	收據

qu

交叉	quer
音標	[kve:ɐ]

舒適的	bequem
音標	[bə`kve:m]

品質	Qualität
音標	[kvali`tɛ:t]

數量	Quantität
音標	[kvanti`tɛ:t]

比率	Quote
音標	[kvo:tə]

平方	Quadrat
音標	[kva`dra:t]

行情	Quotation
音標	[kvo:ta:`tsio:n]

呱呱叫	quaken
音標	[kva:kən]

嘮叨	quackeln
音標	[kvakəln]

胡說八道	Quatsch
音標	[kvatʃ]

Unit
04 語音知識

4.1 發音規則

1 長母音規則

- ⊃ 母音字母本身構成一個音節，或同一個音節中母音字母後面沒有或只有一個子音字母時，這個母音要發長音。（如 da、gut、Not）
- ⊃ 母音字母重疊（如 Waage、Boot、See）或母音字母組合 ie（如 Liebe、Lied、fliehen）發長音。
- ⊃ 同一個音節中，如果母音字母後面有一個不發音的 h，則該母音讀長音。（如 Bahn、ihn、nehmen、fehlen、Kuh）

2 短母音規則

母音字母後面有兩個或兩個以上的子音時，一般來說這個母音字母讀短音（如 bald、Bild、oft）。

3 字母 e 輕讀規則

- ⊃ 若 e 為字首非重音節的母音，須輕讀（如 bekommen、gebieten、gewinnen）。
- ⊃ 若 e 為非重音節的尾音，須輕讀（如 Dame、Liebe、Gabe）。

4 變母音字母發音

除了沒有變母音字母重疊的組合拼讀，變母音字母發音與母音字母一致。

5 長、短母音的特殊拼讀

　　das、ob、mit、um、ab 等母音字母後面只有一個子音，但在單字中發短音；而 Papst 中 a 後面雖然跟了三個子音，卻發長音。

6 子音發音規則

➲ 單一子音字母或子音字母重疊，均只發一個音。
➲ 有聲子音字母在音節末尾，或子音之前讀相應的無聲子音。子音字母 b、d、g 在單字和末尾音節中讀相應的無聲子音 [p]、[t]、[k]。（如 lieb、Bad、Tag）

7 外來語發音

　　外來語中有相當的一部分字母發音無規律可循，必須參考字典中的發音標示。

4.2 單字重音

➲ 德語單字一般重音都在第一音節。

`Abend	`Tag	`Lampe	`Thomas
`Lehrer	`Zimmer	`Tisch	`Ecke

➲ 複合字中，一般來說第一個字帶主重音。[①]

`Hausfrau	`Lehrbuch	`Fernseher	`Tischlampe
`Buchbinder	`Taxifahrer	`Götterbild	`Fachmann

➲ 具有可分離字首的動詞，其重音位於該字首。

`ab/fahren	`an/kommen	`auf/nehmen	`aus/geben
`zu/nehmen	`los/gehen	`ein/steigen	`zurück/kehren

⊃ 具有不可分離字首的動詞，重音落在第二音節。[2]

be`suchen	emp`fehlen	ent`wickeln	er`fahren
ge`nehmigen	miß`trauen	ver`gessen	zer`legen

⊃ 以 tion、ent、tät、ssion、ei、sion 等字母組結尾的名詞，重音落在最後一個音節。

Lek`tion	Funk`tion	Laufe`rei	Stu`dent
Quali`tät	Fakul`tät	Mi`ssion	Pen`sion

⊃ 以 ieren、ismus 結尾的單字，重音落在倒數第二個音節上。

moderni`sieren	stu`dieren	Kapita`lismus	Kommu`nismus
infor`mieren	zi`tieren	Absolu`tismus	Feuda`lismus

⊃ 在縮寫字中，一般來說最後一個字母讀重音。

DAA`D	DD`R	BR`D	LK`W
DS`H	CS`U	CD`U	SP`D

⊃ 大部分外來語重音無規律可循。

`Lobby	Pa`pier	`Camping	Tai`fun
`Cello	Fab`rik	`Villa	Che`mie

---

① 少數例外，如 Jahr`hundert、Hohe`lied。
② 常見不可分離字首有 be、ge、emp、ent、er、ver、zer、miß 等。

4.3 詞組重音

⊃ 一般來說，冠詞和物的代名詞不重讀。

eine `Lampe	der `Tisch	meine `Mutter	dieses `Buch

⊃ 一般來說，介系詞不重讀。

ins `Zimmer	zur `Schule	am `Montag	aus `China

⊃ 姓名與稱謂中，姓氏的部分重讀。

Herr `Wagner	Frau `Müller	Karl `Meier	Anna `Bauer

4.4 句子的語調

⊃ 陳述句語調在句末下降。

Das ist mein Vater. ↘

Er ist sein Lehrer. ↘

⊃ 一般疑問句語調在句末升高。

Bist du Herr Meier? ↗

Können Sie Deutsch sprechen? ↗

⊃ 感歎句語調在句末下降。

Wie schön ist die Uni! ↘

Sie sprechen aber gut Deutsch! ↘

⊃ 特殊疑問句語調一般下降，表客氣時上升。

Was ist das? ↘

Woher kommen Sie? ↘

Wie heißt du? ↗

Wie ist dein Name? ↗

MEMO

2

文法課
基礎文法與構句

Unit 01 基礎文法

　　根據詞類的意義和功能，德語有十種不同類別：動詞、名詞、形容詞、代名詞、冠詞、數詞、副詞、介系詞、連接詞和感嘆詞。根據它們在句中有無字形的變化，又可歸納為可變化與不可變化兩大詞類。可變化的詞類包括名詞、形容詞、代名詞、數詞和動詞。其中，名詞、形容詞、代名詞、數詞有「格」的不同，而動詞除了有「位」的不同以外，還有時、體、態、人稱、數以及式的變化範圍。副詞、介系詞、連接詞和感嘆詞則屬於不變化的詞類，既不變格，也不變位。

1.1 名詞

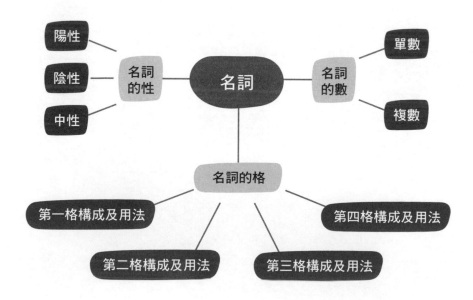

1.1.1 名詞的性

德語名詞三要素
- 單字：首字母大寫
- ★詞性：陽性、中性、陰性
- 複數

德語的名詞分為陽性、陰性和中性，分別用冠詞 der、die、das 表示。除了男女性別及雌雄動物的差異，如「der Mann 男人（陽性）」與「die Frau 女人（陰性）」、「der Ochse 公牛（陽性）」與「die Kuh 母牛（陰性）」。大多數詞性沒有特定的意義，需要分別記憶。真正熟悉後，也有一定規律可循，請見下表分類：

詞性	例子	中文
陽性 der	der Lehrer der Schatz der Mond	男老師 寶藏 月亮
陰性 die	die Lehrerin die Sonne die Bibliothek	女老師 太陽 圖書館
中性 das	das Publikum das Museum das Vorurteil	公眾 博物館 偏見

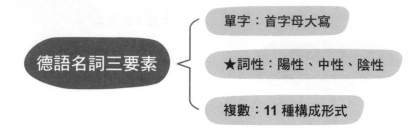

德語名詞有單、複數之分。表示複數時，大多數名詞有複數字尾，複數的詞性均為 die，具體構成形式請見下表：

名詞複數的構成

複數字尾	構詞說明	例子	中文
無字尾	單複數同形	das Zimmer → die Zimmer der Schüler → die Schüler	房間 學生
⸚	變音，不加字尾	der Mantel → die Mäntel die Mutter → die Mütter	大衣 母親
⸚ + e	變音，加字尾 e	die Hand → die Hände der Kopf → die Köpfe	手 頭
⸚ + er	變音，加字尾 er	das Rad → die Räder der Mann → die Männer	自行車 男人
-e	不變音，加字尾 e	der Hund → die Hunde das Beispiel → die Beispiele	狗 例子
-er	不變音，加字尾 er	das Kind → die Kinder der Geist → die Geister	小孩 鬼神
-en	不變音，加字尾 en	die Frau → die Frauen der Mensch → die Menschen	女士 人類
-n	不變音，加字尾 n	die Frage → die Fragen das Auge → die Augen	問題 眼睛
-nen	不變音，加字尾 nen	die Lehrerin → die Lehrerinnen	女老師
-se	不變音，加字尾 se	das Ergebnis → die Ergebnisse die Erkenntnis → die Erkenntnisse	結果 知識
-s	外來語，加字尾 s	das Foto → die Fotos	照片

1.1.3 名詞的格

名詞的格
- 第一格：常作為主語與表語
- 第二格：表所屬，所有格，作限定詞、介系詞之受詞
- 第三格：類似間接受詞或作介系詞之受詞
- 第四格：類似直接受詞或作介系詞之受詞

德語中，用名詞格的形式變化說明一個名詞與句中其他詞類的關係。德語中一共有四個格，每一個格都具有不同的文法關係。

（1） 第一格 der Nominativ（N）

說明：第一格是名詞的基本形式（原形），表示人、事物或現象的名稱。

用法：

➲ 作主語

例：**Der Student** sieht ein Bild. **大學生**在看一幅畫。

➲ 作表語

例：Meine Mutter ist **Lehrerin**. 我的母親是**一名教師**。

➲ 作呼語

例：**Herr Müller**, gehen Sie ins Konzert? **穆勒先生**，您去音樂會嗎？

➲ 作同位語

例：Mein Bruder, **ein junger Arzt**, wohnt in Shanghai.

我的哥哥，**一名年輕的醫生**，居住在上海。

（2） **第二格der Genitiv（G）**

構成：陽性與中性的單數名詞第二格字尾加 -s 或 -es。單音節名詞及以 -s、-ß、-z、-sch 等結尾的名詞加字尾 -es，如 der Fuß - des Fußes、der Tisch -des Tisches，其他情況下加 -s。陰性與複數名詞第二格無字尾變化。

說明：所有格，通常用來表示「…的」，作「限定詞」。

用法：

➲ 表示事物的所屬關係。

例：Ich kenne den Freund **meiner Schwester**.

我認識**我姐姐的**朋友。

➲ 一些固定搭配中作「表語」。

例：Ich bin **der Meinung**. 我持這個意見。

Er ist heute **guter Laune**. 他今天心情不錯。

➲ 一些固定搭配中作修飾語。

例：**Eines Tages** kam er plötzlich zu uns.

有一天，他突然來找我們。

➲ 與搭配第二格的少數動詞連用。

例：Ich bedarf **eines Buches**. 我需要一本書。

➲ 與搭配第二格的介系詞或形容詞連用。

例：Trotz **des Regens** gehe ich noch aus.

儘管下雨，我還是要出去。

Ich bin **ihrer Hilfe** bedürftig. 我需要她的幫助。

（3） **第三格der Dativ（D）**

構成：第三格時，名詞單數無字尾變化，複數通常字尾加 -n。若複數以 -n、-en 或 -s 結尾，則不再加字尾。

說明：類似於間接受詞，部分動詞、介系詞要求搭配第三格受詞。

用法：

➲ 與及物動詞連用，作間接受詞。動詞同時搭配三、四格時，名詞第三格往往表示人或集體，而第四格表示物，簡稱「人三物四」。

例：Tom schenkt **seiner Mutter** schöne Blumen.

湯姆送**他母親**漂亮的花。

Hans gibt **seinen Freunden** die Bücher.

漢斯給**他的朋友們**這些書。

➲ 與搭配第三格受詞的不及物動詞連用。

例：Ich begegne auf der Straße **meiner Schwester**.

我在街上遇見了**我妹妹**。

➲ 與搭配第三格的介系詞或形容詞連用。

例：Es ist **Anna(ihr)** egal.

這對**安娜**（「她」的第三格）來說無所謂。

Seit **letzter Woche** lerne ich Deutsch. **自上週起**我學習德語。

（4）第四格der Dativ（D）

構成：同名詞第一格

說明：類似於直接受詞，部分動詞、介系詞要求搭配第四格受詞。

用法：

➲ 與及物動詞連用，作直接受詞。

例：Ich besuche heute **meinen Freund**. 今天我去拜訪**我的朋友**。

➲ 在雙受詞動詞中作受詞，常為「人三物四」。

例：Er gibt mir **ein Buch**. 他給我**一本書**。

➲ 作時間修飾語與地點修飾語。

例：**Jeden Samstag** gehe ich ins Konzert. **每週六**我都去聽音樂會。

Jeder geht **seinen eigenen Weg**. 每個人走**自己的路**。

➲ 與表示年齡、尺寸、長度等意義的形容詞連用，作表語性受詞。

例：Das Baby ist **einen Monat** alt. 這個嬰兒**一個月**大了。

Der Tisch ist **ein Meter** hoch. 這張桌子**一公尺**高。

⊃ 某些介系詞後要求加第四格。

例：Ohne **Anna (sie)** kann ich nicht weitergehen.

沒有安娜（「她」的第四格）我無法繼續。

Wir sitzen um **den Tisch**. 我們圍坐在桌子旁。

重點回顧 ....

名詞的變格

格	陽性	中性	陰性	複數
第一格 N	der Vater	das Kind	die Mutter	die Väter
第二格 G	des Vaters	des Kindes	der Mutter	der Väter
第三格 D	dem Vater	dem Kind	der Mutter	den Vätern
第四格 A	den Vater	das Kind	die Mutter	die Väter

　　德語名詞的變格包括強變化與弱變化，大多數陽性名詞和全部中性名詞屬於強變化，即單數第二格時加字尾 -s 或 -es，複數第三格時加 -n。少數陽性名詞為弱變化名詞，第二、三、四格時單複數字尾加 -n 或 -en。

弱變化名詞的特殊變格

格	單數	複數
第一格 N	der Junge	die Jungen
第二格 G	des Jungen	der Jungen
第三格 D	dem Jungen	den Jungen
第四格 A	den Jungen	die Jungen

弱變化名詞

弱變化名詞的類型	例子	中文
以 **-ant**、**-ent**、**-ist**、**-oge**、**-nom**、**-at** 等結尾的陽性外來語	der Kommandant(en) der Student(en) der Polizist(en) der Biologe(n) der Astronom(en) der Kandidat(en)	司令 大學生 員警 生物學家 天文學家 候選人
部分以 **-e** 結尾的陽性德語單字	der Junge(n) der Kunde(n) der Kollege(n) der Name(n) der Zeuge(n)	少年 顧客 同事 名字 證人
部分表示人或動物的單音節名詞	der Mensch(en) der Herr(n) der Held(en) der Prinz(en) der Affe(n)	人類 先生 英雄 王子 猴

例：Kannst du **Herrn Wang** bitte das Buch bringen?

你可以把書帶給王先生嗎？

Anna ruft **den Jungen**. 安娜叫這個男孩。

1.2 冠詞

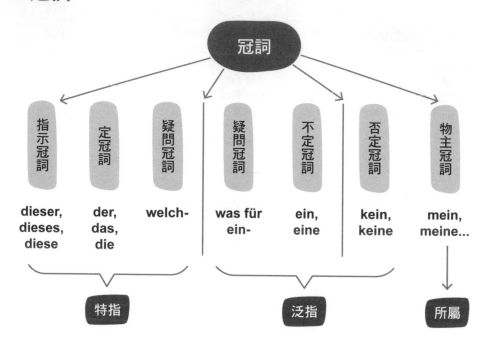

德語冠詞主要分為定冠詞、不定冠詞、物主冠詞、否定冠詞與疑問冠詞，用來說明名詞的性、數、格。定冠詞的變化、不定冠詞的變化、物主冠詞的變化，具體分類如下表：

定冠詞的變化

格	陽性	中性	陰性	複數
第一格 N	der	das	die	die
第二格 G	des	des	der	der
第三格 D	dem	dem	der	den
第四格 A	den	das	die	die

⚠ 指示冠詞（dieser）的變化與定冠詞相同，用來強調事物。

不定冠詞的變化

格	陽性	中性	陰性
第一格 N	ein	ein	eine
第二格 G	eines	eines	einer
第三格 D	einem	einem	einer
第四格 A	einen	ein	eine

⚠ 否定冠詞（kein）的變化與不定冠詞相同，複數變格形式第一格和第四格為 keine，第三格為 keinen，第二格 keiner 幾乎不用。

例：Dort steht **ein Kind**. **Das Kind** ist 8 Jahre alt.
那兒站著個孩子。這個孩子8 歲了。
Da kommt **eine Frau**. **Die Frau** ist seine Mutter.
那兒來了一位女士。這位女士是他的母親。
Dann kommt **ein Mann**. **Der Mann** ist sein Vater.
又來了一位男士。這位男士是他的父親。

物主冠詞的變化

人稱	格	單數 陽性	單數 中性	單數 陰性	複數
ich → mein 我的	第一格 N	mein Vater	mein Kind	meine Mutter	meine Eltern
	第二格 G	meines Vaters	meines Kindes	meiner Mutter	meiner Eltern
	第三格 D	meinem Vater	meinem Kind	meiner Mutter	meinen Eltern
	第四格 A	meinen Vater	mein Kind	meine Mutter	meine Eltern
其他人稱的物主冠詞與「我的」變化一樣	du → dein 你的　er/es → sein 他的 / 它的　sie → ihr 她的 wir → unser 我們的　ihr → euer 你們的　sie/Sie → ihr/Ihr 他們的 / 您的				

例：**Seine Mutter** ist **unsere Lehrerin**, heute hat sie Geburtstag und ich schenke **meiner Lehrerin** ein Buch.

他的母親是我們的老師，今天她過生日，我送給我的老師一本書。

Ich suche **mein Handy**. Wo ist **mein Handy**?

我正找我的手機。我的手機去哪兒了？

疑問冠詞分為兩類，即對於已知與未知的疑問。

對已知的人或物提問，用 welch-。具體變化如下表：

疑問冠詞 welch- 的變化

格	陽性	中性	陰性	複數
第一格 N	welcher	welches	welche	welche
第三格 D	welchem	welchem	welcher	welchen
第四格 A	welchen	welches	welche	welche

對未知的人或物提問時，使用 was für ein-，具體變化如下表：

疑問冠詞 was für ein- 的變化

格	陽性	中性	陰性	複數
第一格 N	was für ein	was für ein	was für eine	was für + pl
第三格 D	was für einem	was für einem	was für einer	was für + pl
第四格 A	was für einen	was für ein	was für eine	was für + pl

例：A: **Welcher** Mantel ist schön?

B: **Dieser grüne Mantel** ist sehr schön.

A：哪件大衣好看？

B：這件綠色大衣很好看。

例：A: **Was für ein** Kleid möchten Sie kaufen?

B: Ich möchte **ein grünes Kleid** für den Sommer kaufen.

A：您想買一條什麼樣的裙子？

B：我想買一條夏天穿的綠裙子。

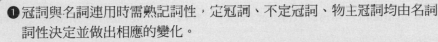

●冠詞與名詞連用時需熟記詞性，定冠詞、不定冠詞、物主冠詞均由名詞詞性決定並做出相應的變化。

❷冠詞在不同格中的變化不同，需加強記憶，熟悉後也有規律可循。

1.3 代名詞

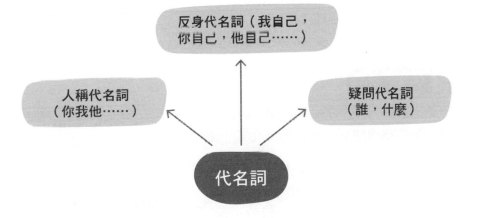

德語中代名詞主要分為人稱代名詞、反身代名詞和疑問代名詞。

1.3.1 人稱代名詞

人稱代名詞指的是代替人、事或物的名詞，請見下表整理：

人稱代名詞的變格

人稱	第一人稱		第二人稱		第二人稱尊稱	第三人稱		
	單數	複數	單數	複數	單／複	單數		複數
						陽性／中性	陰性	陽／陰／中
第一格 N	ich	wir	du	ihr	Sie	er/es	sie	sie
第二格 G	meiner	unser	deiner	euer	Ihrer	seiner	ihrer	ihrer
第三格 D	mir	uns	dir	euch	Ihnen	ihm	ihr	ihnen
第四格 A	mich	uns	dich	euch	Sie	ihn/es	sie	sie

例：Heute Abend komme **ich** zu **dir**. **Wir** lernen zusammen.

今天晚上我去你那兒。我們一起學習。

Habt **ihr** Geld? 你們有錢嗎？

1.3.2 反身代名詞

作為受詞的人稱代名指向主詞身時，即稱反身代名詞。反身代名詞只有第三格和第四格兩種形式，具體變化如下表：

反身代名詞的變格

格	第一人稱		第二人稱		第二人稱尊稱	第三人稱	
	單數 ich	複數 wir	單數 du	複數 ihr	單／複 Sie	單數 er/sie/es	複數 sie
第三格	mir	uns	dir	euch	sich		
第四格	mich	uns	dich	euch			

例：Sie kümmert **sich** um das Kind. 她照顧孩子。

Ich sehe **mir** einen Film an. 我看一部電影。

1.3.3 疑問代名詞

疑問代名詞指的是提問句中不確定的人事物，主要分為指人的 wer 與指事物的 was，具體變化如下表：

疑問代名詞的變格

格	誰	什麼
第一格	wer	was
第二格	wessen	wessen
第三格	wem	—
第四格	wen	was

例：**Wer** ist Anna und **was** ist sie vom Beruf?

安娜是誰，她是做什麼的？

Wen besuchen wir und **wessen** Auto fahren wir?

我們拜訪誰，開誰的車？

重點回顧 ....

❶區分冠詞與代名詞：冠詞本身不能獨立使用，只能與名詞併用，置於名詞前。代名詞具有代替名詞的功能，本身就是名詞的一種，可單獨使用。此外，指示代名詞與指示冠詞在形式上一致（der、das、die），但兩者的語法意義完全不同。

❷反身代名詞常與介系詞、反身動詞連用，表示作受詞的人稱代名詞和句中的主詞為同一人或同一物。反身代名詞的格由介系詞及反身動詞決定，且不能省略。

1.4 形容詞

　　形容詞用以說明人或事物特徵，可作限定詞、表語及修飾語。作限定詞時，其性、數、格與修飾的名詞保持一致；作表語或修飾語時，則無變化。

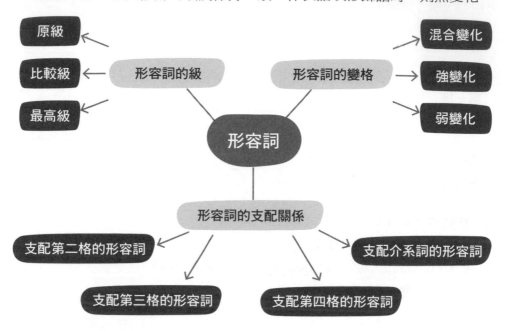

1.4.1　形容詞的變格

　　形容詞修飾名詞，位於名詞前作限定詞時，應根據名詞的性、數、格進行相應的字尾變化，主要變化形式為以下三種類型。

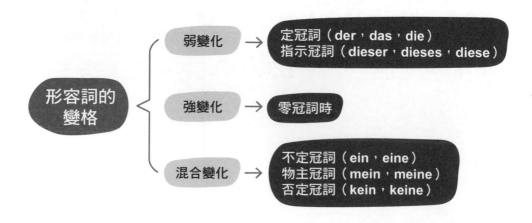

帶定冠詞的形容詞變化（弱變化）

格	單數			複數
	陽性	中性	陰性	
第一格 N	der nette Vater	das kleine Kind	die junge Mutter	die guten Freunde
第二格 G	des netten Vaters	des kleinen Kindes	der jungen Mutter	der guten Freunde
第三格 D	dem netten Vater	dem kleinen Kind	der jungen Mutter	den guten Freunden*
第四格 A	den netten Vater	das kleine Kind	die junge Mutter	die guten Freunde

⚠ 第三格複數名詞後加 -n。

不帶冠詞的形容詞變化（強變化）

格	單數			複數
	陽性	中性	陰性	
第一格 N	netter Vater	kleines Kind	junge Mutter	alte Eltern
第二格 G	netten Vaters	kleinen Kindes	junger Mutter	alter Eltern
第三格 D	nettem Vater	kleinem Kind	junger Mutter	alten Eltern
第四格 A	netten Vater	kleines Kind	junge Mutter	alte Eltern

帶不定冠詞的形容詞變化（混合變化）

格	單數			複數
	陽性	中性	陰性	
第一格 N	ein netter Vater	ein kleines Kind	eine junge Mutter	—
第二格 G	eines netten Vaters	eines kleinen Kindes	einer jungen Mutter	—

格	單數			複數
	陽性	中性	陰性	
第三格 D	einem **nett**en Vater	einem **kleinen** Kind	einer **jungen** Mutter	—
第四格 A	einen **nett**en Vater	ein **kleines** Kind	eine **junge** Mutter	—

帶物主冠詞的形容詞變化（混合變化）

格	單數			複數
	陽性	中性	陰性	
第一格 N	mein **nett**er Vater	mein **kleines** Kind	meine **junge** Mutter	meine **guten** Freunde
第二格 G	meines **nett**en Vaters	meines **kleinen** Kindes	meiner **jungen** Mutter	meiner **guten** Freunde
第三格 D	meinem **nett**en Vater	meinem **kleinen** Kind	meiner **jungen** Mutter	meinen **guten** Freunden
第四格 A	meinen **nett**en Vater	mein **kleines** Kind	meine **junge** Mutter	meine **guten** Freunde

⚠ 形容詞在 kein- 後的變化與物主冠詞相同。

1.4.2 形容詞的級

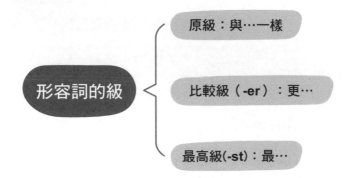

形容詞的級
- 原級：與…一樣
- 比較級（-er）：更…
- 最高級(-st)：最…

形容詞包括三個比較等級：原級（Positiv）、比較級（Komparativ）和最高級（Superlativ）。形容詞的比較級與最高級由原級加特定字尾字母構成，作限定詞修飾名詞時也需做相應的字尾變化。

（1） 原級

說明：常與 so...wie... 連用。

例：das **billige** Auto 便宜的車

Anna ist ein **schönes** Mädchen. 安娜是一位漂亮的女孩。

Tom ist **so interessant wie** Max. 湯姆和馬克思一樣有趣。

（2） 比較級

說明：形容詞比較級大多數在原級後加 -cr/r 或形容詞原級變音加 -cr/r，常與 als 連用。

例：das **billigere** Auto 更便宜的車

Lena ist **schöner als** Anna. 萊娜比安娜漂亮。

（3） 最高級

說明：形容詞最高級的構成形式為形容詞原級加 -(e)st 或形容詞變音加-(e)st。

例：das **billigste** Auto 最便宜的車

Nina ist das **schönste** Mädchen in der Klasse.
妮娜是班裡最漂亮的女孩。

1.4.3 形容詞的支配關係

形容詞也有其支配關係，與英文一樣，可搭配不同的介系詞。作表語時，還可直接搭配第三格、第四格或第二格受詞。

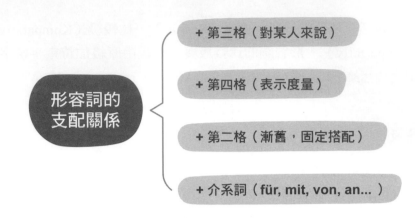

形容詞的
支配關係
+ 第三格（對某人來說）
+ 第四格（表示度量）
+ 第二格（漸舊，固定搭配）
+ 介系詞（für, mit, von, an...）

（1）支配第三格的形容詞

　　第三格名詞可以與形容詞連用，補充形容詞的意義，作第三格表語性受詞，請見下表整理。

常用支配第三格的形容詞

形容詞	例句	中文
ähnlich 相似的	**Er ist seinem Vater ähnlich.**	他和他爸爸很像。
fremd 陌生的	**Das ist mir bisher ganz fremd.**	這對我來說完全陌生。
dankbar 感激的	**Wir sind Ihnen sehr dankbar.**	我們很感謝您。
egal 無所謂的	**Es ist mir egal, ob du mitkommst.**	你來不來，我無所謂。
延伸：**behilflich** 有益的　　**klar** 明白的　　　**möglich** 可能的 　　　**neu** 新的　　　　　**nützlich** 有益的　　**treu** 忠誠的 　　　**wichtig** 重要的　　　**teuer** 貴的　　　**recht** 合適的		

（2）支配第四格的形容詞

　　形容詞在第四格作為補語大多表示度量，請見下表整理。

常用支配第四格的形容詞

形容詞	例句	中文
alt 老的	**Das Baby ist morgen erst einen Monat alt.**	這嬰兒明天才滿月。
schwer 重的	**Der Koffer ist 5 kg schwer.**	這箱子 5 公斤重。
wert 值的	**China ist auch im Sommer eine Reise wert.**	在夏天,中國也值得一遊。
breit 寬的	**Der Stuhl ist einen Meter breit.**	這張椅子 1 公尺寬。

(3) 支配第二格的形容詞

第二格作為表語性受詞,請見下表整理。(在現代德語中,此類用法越來越少。)

支配第二格的形容詞

形容詞	例句	中文
bewusst 知道的	**Ich bin mir der Bedeutung meiner Arbeit bewusst.**	我知道我工作的意義。
froh 高興的	**Anna ist ihres Erfolgs froh.**	安娜對自己的成功很高興。
sicher 肯定的	**Wir sind uns unseres Sieges sicher.**	我們堅信我們的勝利。

(4) 形容詞對介系詞的支配

形容詞與聯繫動詞 sein 和 werden 連用時,可以搭配第三格、第四格和第二格的名詞。此外,形容詞還與多種介系詞組成固定搭配。此時,介系詞之受詞大多置於形容詞前,請見以下三個表格整理。

搭配介系詞 für 的常用形容詞

與介系詞 für 搭配，介系詞後加第四格	例句	中文
bekannt für 熟悉的	**Ihr Name ist für mich bekannt.**	她的名字我很熟悉。
verantwortlich für 負責的	**Wer ist dafür verantwortlich?**	誰要對此負責？
延伸：**genug für** 足夠的 **nötig für** 必要的 **berühmt für** 出名的	**geeignet für** 合適的 **charakteristisch für** 有特點的 **dankbar für** 感謝的	

搭配介系詞 mit、über 的常用形容詞

與介系詞 mit 搭配，介系詞後加第三格	例句	中文
fertig mit 結束的	**Ich bin fertig mit meiner Arbeit.**	我完成了我的工作。
einverstanden mit 同意的	**Sind Sie mit meinem Plan einverstanden?**	您同意我的計畫嗎？
延伸：**zufrieden mit** 滿意的 **verwandt mit** 有親戚關係的 **beschäftigt mit** 忙碌的	**verheiratet mit** 已婚的 **befreundet mit** 交朋友的 **vergleichbar mit** 可比的	

與介系詞 über 搭配，支配第四格，這類形容詞多表示個人心情及情緒	例句	中文
ärgerlich über 生氣的	**Die Mutter war über ihre Kinder sehr ärgerlich.**	媽媽對自己的孩子很氣惱。
glücklich über 高興的	**Ich bin glücklich über diese neue Nachricht.**	我很高興（聽到）這個新消息。
延伸：**erstaunt über** 驚訝的 **beschämt über** 羞愧的	**traurig über** 傷心的 **erfreut über** 高興的	

搭配其他介系詞的常用形容詞

與其他常用介系詞搭配	德文	中文
von + 第三格	**abhängig von** **entfernt von** **überzeugt von** **nett von** **enttäuscht von**	依賴的 遠離的 信服的 善良的 失望的
auf + 第四格	**ncugierig auf** **stolz auf** **aufmerksam auf** **gespannt auf** **böse auf**	好奇的 驕傲的 留意的 急切的 生氣的
an（常搭配第三格）	**arm an** **reich an** **interessiert an** **beteiligt an**	貧窮／匱乏的 富裕／豐富的 有興趣的 參與的

重點回顧 ....

❶ 形容詞變格是德語文法中的一個重點，因其變格類型較多且較為複雜，一直以來都是德語學習的重點及難點之一，需明確分類，熟練記憶。

❷ 形容詞與不同格及介系詞的搭配，無規律可循，需分別記憶。

❸ 德語中，形容詞也可用作副詞，且外觀沒有任何變化。

1.5 數詞

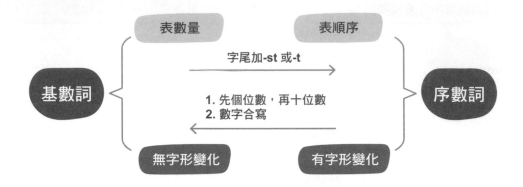

數詞表示數目、數量和次序，常用於名詞前。

（1） 基數詞

基數詞表示一定數量與數目，請見下表整理。

基數詞

數字	德語	數字	德語
0	null	25	fünfundzwanzig
1	eins	26	sechsundzwanzig
2	zwei	27	siebenundzwanzig
3	drei	28	achtundzwanzig
4	vier	29	neunundzwanzig
5	fünf	30	dreißig
6	sechs	40	vierzig
7	sieben	50	fünfzig
8	acht	60	sechzig
9	neun	70	siebzig

數字	德語	數字	德語
10	zehn	80	achtzig
11	elf	90	neunzig
12	zwölf	100	(ein)hundert
13	dreizehn	200	zweihundert
14	vierzehn	300	dreihundert
15	fünfzehn	101	(ein)hunderteins
16	sechzehn	110	(ein)hundertzehn
17	siebzehn	123	(ein)hundertdreiundzwanzig
18	achtzehn	1000	(ein)tausend
19	neunzehn	2000	zweitausend
20	zwanzig	1 000 000	eine Million
21	einundzwanzig	2 000 000	zwei Millionen
22	zweiundzwanzig	10 億	eine Milliarde
23	dreiundzwanzig	20 億	zwei Milliarden
24	vierundzwanzig	1 兆	eine Billion

⚠ ◆ 20 以上的兩位數由「個位數 + und + 十位數」構成。

◆ 從 101 到 999 999 的基數詞都要連在一起寫，不可分開，
如 888 888
achthundertachtundachtzigtausendachthundertachtundachtzig。

◆ 注意基數詞中的一些特殊形式（非黑色的數字部分）。

（2） 序數詞

序數詞指事物的前後順序，表「第幾」，帶有定冠詞（der、das、die 表格內簡寫為 der）。詞性由序數詞後的名詞決定，並依照形容詞變格進行字尾變化，請見下表整理。

序數詞

數字	德語	數字	德語
第一	der erste	第二十	der zwanzigste
第二	der zweite	第二十一	der einundzwanzigste
第三	der dritte	第二十二	der zweiundzwanzigste
第四	der vierte	第二十三	der dreiundzwanzigste
第五	der fünfte	第二十四	der vierundzwanzigste
第六	der sechste	第二十五	der fünfundzwanzigste
第七	der siebte	第二十六	der sechsundzwanzigste
第八	der achte	第二十七	der siebenundzwanzigste
第九	der neunte	第二十八	der achtundzwanzigste
第十	der zehnte	第二十九	der neunundzwanzigste
第十一	der elfte	第三十	der dreißigste
第十二	der zwölfte	第五十	der fünfzigste
第十三	der dreizehnte	第一百	der hundertste
第十四	der vierzehnte	第一百零一	der hunderterste
第十五	der fünfzehnte	第一百零二	der hundertzweite
第十六	der sechzehnte	第一百一十八	der hundertachtzehnte
第十七	der siebzehnte	第一千	der tausendste
第十八	der achtzehnte	第一千零一	der tausenderste
第十九	der neunzehnte	第一萬	der zehntausendste

⚠ ◆ 19 以內的序數詞由相應的基數詞加 -t 構成，字尾依形容詞變化。

◆ 20 以上的序數詞由相應的基數詞加 -st 構成，字尾依形容詞變化。

◆ 序數詞除了表示次序外，還可用於表示日期。

如：der 1. Januar (der erste Januar) 1 月 1 日

Am ersten September beginnt das neue Semester.

9 月 1 日開始新學期。

例：Herr Müller wohnt **im dritten Stock**. 穆勒先生住在四樓。

   Das zweite Buch gehört zu meiner Mutter. 第二本書是我母親的。

重點提示 ....

❶德語中的數詞表達與中文有所不同，兩位數時先讀個位數再十位數，三位數以上時依照每三位元一個單位拼讀。

例：654 321 讀作：

sechshundertvierundfünfzigtausend-dreihunderteinundzwanzig。

❷基數詞表數量，用 wie viel 或 wie viele 提問；序數詞表次序，用 der (das die)＋wievielte＋名詞提問：

例：A: Wie viel Geld haben Sie bei Ihnen?　B: 200 Euro.
  （A：您帶了多少錢？　B：200 歐元。）

  A: Wie viele Studenten hat deine Klasse?　B: 26.
  （A：你們班有多少人？　B：26 個人。）

  A: Die wievielte Lektion lernst du in dieser Woche?
  B: Die achte Lektion.
  （A：這星期你們學第幾單元？　B：第 8 單元。）

字母與發音

字母

母音

子音

語音知識

基礎文法與構句

最常用的情境分類單字

最常用的生活短句與會話

139

1.6 動詞

　　表示人或物的行為、動作、變化、過程和狀態的詞稱為動詞，在句子中主要作為謂語。

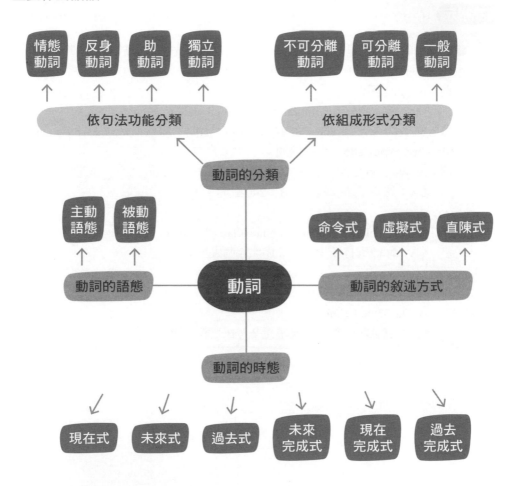

1.6.1　動詞的分類

（1）　依句法功能分類

　　動詞依照其句法功能可分為獨立動詞、助動詞、情態動詞和反身動詞。

依照句法功能分類
- 獨立動詞（表動作、行為）
- 助動詞（構成不同時態和被動語態）
- 情態動詞（表態度，6 個情態動詞）
- 反身動詞（讓自己…）

1〉獨立動詞

具有一定意義，在句中獨立作謂語，在德語中占絕大多數的動詞。

例：Viele Deutschen **reisen** gern nach China.

許多德國人喜歡來中國**旅行**。

Ich **bekomme** ein Geschenk von meiner Mutter.

我**收到**母親送的一份禮物。

2〉助動詞

表示動作的行為、動作、過程和狀態，在句中與獨立動詞複合使用構成複合謂語，表達不同時態或被動語態，作為輔助作用。如 haben、sein 和 werden 等表時態或語態助動詞。

例：Das Fenster **wird geöffnet**. 窗戶被打開。（語態助動詞）

Ich **habe** einen Film **gesehen**. 我看了一部電影。（現在完成式）

Tom **ist** nach Hause **gefahren**. 湯姆坐車回家了。（現在完成式）

3〉情態動詞

情態動詞表示說話者對動作或狀態所持的態度，可作為情態助動詞，也可作為獨立動詞。德語中主要有六個情態動詞：wollen（要，想要，願意）、mögen（想，願意）、können（能夠，會）、dürfen（可以，允許）、sollen（應該）、müssen（必須）。

例：Er **kann** fließend Deutsch **sprechen**. 他能流利地說德語。

Der Kranke **darf** nicht **rauchen** und Alkohol **trinken**.

這位病人不准抽煙和喝酒。

⚠ 助動詞與情態動詞位於謂語動詞所在的「第二位」，而實義動詞置於句末的搭配，稱為「框架結構」。

4〉反身動詞

動詞所支配的受詞為主詞本身，此類動詞稱為反身動詞。此時，受詞需用第三格或第四格反身代名詞。

例：China **befindet sich** in Asien. 中國位於亞洲。

　　Ich **freue mich** auf deine Antwort. 我期待你的回覆。

　　Die Studenten **konzentrieren sich** auf den Unterricht.

　　學生們專注在課堂上。

（2）　依組成形式分類

依其組成形式動詞分為一般動詞與帶有字首的動詞。

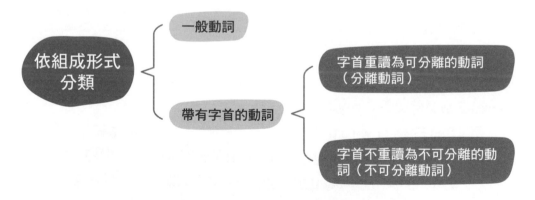

德語動詞除了一般動詞，還有一些動詞帶有字首。字首可分離的動詞稱為可分離動詞，不可分離的則稱為不可分離動詞，請見下表整理。

動詞分類

一般動詞	分離動詞	不可分離動詞
stehen 站立	**ab/fahren** 出發	**bekommen** 得到
kommen 來	**auf/machen** 打開	**verstehen** 理解
werden 成為	**vor/lesen** 朗讀	**genießen** 享受
lernen 學習	**kennen/lernen** 認識	**zerbrechen** 破裂
studieren 研究	**zusammen/leben** 共同生活	**empfehlen** 推薦

可分離動詞與不可分離動詞的比較

分離動詞	不可分離動詞
1. 字首可長可短，介系詞、副詞、形容詞等皆可做為動詞的字首，需重讀，如 **an-**、**vor-**、**kennen-**、**zusammen-** 等。 2. 作獨立動詞時原本放在字首的部分需分離，並置於句尾，構成德語獨特的「框架結構」。 例：**Der Zug fährt um 15 Uhr ab.** 火車 **15:00** 點發車。 **Wann kommt sie in Shanghai an?** 她什麼時候到達上海？ **Sehen Sie am Wochenende fern?** 你週末看電視嗎？ 3. 當可分離動詞與情態動詞連用時，字首不分離，整個字置於句尾。 例：**Sie müssen zuerst ein Formular ausfüllen.** 首先您必須填一份表格。	1. 字首較短，不重讀，如 **be-**、**emp-**、**er-**、**ge-**、**ver-**、**zer-** 等。 2. 字首與基本動詞不能分離。 例：**Ich verstehe dich.** 我理解你。 **Er empfiehlt uns einen Film.** 他推薦給我們一部電影。 **Ich bekomme ein Geschenk.** 我收到一份禮物。

1.6.2 動詞的時態

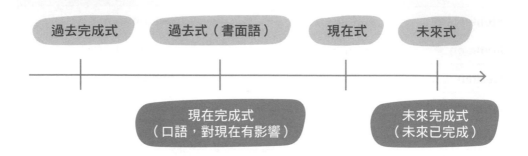

動詞在句子中作謂語時，須依照主詞的人稱、單複數，動作的時態、語態，以及敘述方式來作相應的變化，此類變化稱為「變位」。

德語中主要有六種時態：現在式、現在完成式、過去式、過去完成式、未來式和未來完成式。實際應用中，除少數情況有嚴格規定，一般可靈活運用。動詞時態在動詞字尾的基礎上做相應的變化，動詞的主要構成形式如下圖：

1〉現在式

弱變化（規則）動詞現在式變位：動詞字根 + 人稱變化字尾，請見下表整理。

弱變化（規則）動詞現在式變位

人稱代名詞	人稱變化字尾	規則動詞	部分以 -d/-t/-chn/-ffn 等結尾的動詞字根				部分以 -s/-z/-ß 等結尾的動詞字根		
		kommen	bilden	arbeiten	rechnen	öffnen	reisen	heißen	tanzen
ich	-e	komme	bilde	arbeite	rechne	öffne	reise	heiße	tanze
du	-st	kommst	bildest	arbeitest	rechnest	öffnest	reist	heißt	tanzt
er/sie/es	-t	kommt	bildet	arbeitet	rechnet	öffnet	reist	heißt	tanzt
wir	-en	kommen	bilden	arbeiten	rechnen	öffnen	reisen	heißen	tanzen
ihr	-t	kommt	bildet	arbeitet	rechnet	öffnet	reist	heißt	tanzt
sie/Sie	-en	kommen	bilden	arbeiten	rechnen	öffnen	reisen	heißen	tanzen

⚠ ◆ 部分動詞字根以 -d、-t、-ffn、-chn、-ckn、-dm、tm 等結尾時，第二人稱與第三人稱單數字尾 -st 和 -t 前，需加 -e，以平衡發音。

◆ 部分動詞字根以 -s、-ß 或 -z、-tz 結尾時，為了平衡發音，第二人稱單數只加字尾 -t。

強變化（不規則）動詞的現在式變位：動詞字根（第二人稱單數 du、第三人稱單數 er/sie/es 時母音需換音）＋人稱字尾，請見下表整理。

強變化（不規則）動詞現在式變位

人稱代名詞	人稱字尾	sprechen (e → i)	nehmen (e → i)	lesen (e → ie)	fahren (a → ä)	laufen (au → äu)
ich	-e	spreche	nehme	lese	fahre	laufe
du	-st	sprichst	nimmst	liest	fährst	läufst
er/sie/es	-t	spricht	nimmt	liest	fährt	läuft
wir	-en	sprechen	nehmen	lesen	fahren	laufen
ihr	-t	sprecht	nehmt	lest	fahrt	lauft
sie/Sie	-en	sprechen	nehmen	lesen	fahren	laufen

⚠ 強變化（不規則）動詞，主要特點是動詞字根母音換音，但只涉及單數第二、三人稱，其他人稱時字尾變化與弱變化動詞相同。

情態動詞的現在式變位請見下表整理。

情態動詞的現在式變位

情態動詞 人稱代名詞	können	sollen	müssen	wollen	dürfen	mögen	möchte
ich	kann	soll	muss	will	darf	mag	möchte
du	kannst	sollst	musst	willst	darfst	magst	möchtest
er/sie/es	kann	soll	muss	will	darf	mag	möchte
wir	können	sollen	müssen	wollen	dürfen	mögen	möchten
ihr	könnt	sollt	müsst	wollt	dürft	mögt	möchtet
sie/Sie	können	sollen	müssen	wollen	dürfen	mögen	möchten

⚠ ◆ möchten 是 mögen 的第二虛擬式形式，用以委婉地表達願望，日常使用頻率較高。

◆ 情態動詞現在式單數第一人稱、第二人稱和第三人稱的變位不規則。

◆ 單數第一人稱與第三人稱變位形式相同。

三個常見不規則動詞變位，請見下表整理。

常見不規則動詞的變位

人稱代名詞	sein（是）	haben（有）	werden（變得）
ich	bin	habe	werde
du	bist	hast	wirst
er/sie/es	ist	hat	wird
wir	sind	haben	werden
ihr	seid	habt	werdet
sie/Sie	sind	haben	werden

⚠ 上述動詞使用頻率極高，需單獨強化記憶。

現在式用法

➲ 表示目前發生的行為或存在的狀態。

　例：Tom **kommt** aus Deutschland. Zurzeit **wohnt** er in Beijing und **lernt** Chinesisch.

　　湯姆**來自**德國。目前他**居住**在北京並**學習**中文。

➲ 表示普遍有效的真理。

　例：Die Erde **bewegt** sich um die Sonne.

　　地球**繞著**太陽**轉**。

➲ 表示將要發生的事情（句中一般含有表未來的時間用語）。

　例：Nächste Woche **besuche** ich meine Freundin.

　　下週我要去**拜訪**我的朋友。

2〉過去式

過去式表示過去發生的事情，常用於書面報告或敘述。

動詞過去式的構成，請見下表整理。

動詞過去式變位

動詞類型	弱變化（規則）動詞 ＝動詞字尾＋(e)t＋人稱字尾				強變化（不規則）動詞 ＝動詞字尾（變音、換音）＋人稱字尾		
人稱	人稱字尾	**leben**	**reisen**	**arbeiten**	人稱字尾	**sprechen**	**kommen**
ich	-te	lebte	reiste	arbeitete	-	sprach	kam
du	-(e)test	lebtest	reistest	arbeitetest	-st	sprachst	kamst
er/sie/es	-(e)te	lebte	reiste	arbeitete	-	sprach	kam
wir	-ten	lebten	reisten	arbeiteten	-en	sprachen	kamen
ihr	-(e)tet	lebtet	reistet	arbeitetet	-t	spracht	kamt
sie/Sie	-ten	lebten	reisten	arbeiteten	-en	sprachen	kamen

⚠ ◆ 動詞過去式變位中，單數第一人稱與第三人稱單數的變化一致。

◆ 弱變化動詞字根若以 -d、-t、-ffn、-chn、-ckn、-dm、-tm 等結尾時，
為平衡發音，需加 -e 後再加過去式人稱字尾。

關於情態動詞過去式變位，請見下表整理

情態動詞過去式變位

情態動詞 人稱 代名詞	können	sollen	müssen	wollen	dürfen	mögen
ich	konnte	sollte	musste	wollte	durfte	mochte
du	konntest	solltest	musstest	wolltest	durftest	mochtest
er/sie/es	konnte	sollte	musste	wollte	durfte	mochte
wir	konnten	sollten	mussten	wollten	durften	mochten
ihr	konntet	solltet	musstet	wolltet	durftet	mochtet
sie/Sie	konnten	sollten	mussten	wollten	durften	mochten

三個常見不規則動詞過去式變位，請見下表整理。

三個常見不規則動詞的過去式變位

人稱代名詞	動詞 sein（是）	動詞 haben（有）	動詞 werden（變得）
ich	war	hatte	wurde
du	warst	hattest	wurdest
er/sie/es	war	hatte	wurde
wir	waren	hatten	wurden
ihr	wart	hattet	wurdet
sie/Sie	waren	hatten	wurden

過去式用法

⊃ 敘述過去發生或進行的事情。

例：Er **besuchte** vorgestern seine Eltern. 前天他去探望了父母。

Herr Wang **war** schon in Beijing. 王先生去過北京。

⊃ 常用的表過去的時間修飾語。

例：eines Tages 有一天，früher 以前，am letzten Montag 上週一，im letzten Jahr 去年，vor zwei Wochen 兩週前，von 1800 bis 1900... 從 1800 年至 1900 年……

3〉現在完成式

表示動作已經完成，但影響與狀態持續到現在，多見於口語。

現在完成式的構成：助動詞 haben/sein + 動詞過去分詞 P.II，請見下表整理。

動詞過去分詞的構成

動詞分類	變化說明	範例
基本動詞	**ge** + 動詞字根 + **(e)t**；動詞字根以 **-d**、**-t**、**-ffn**、**-chn**、**-ckn**、**-dm**、**-tm** 等結尾時，構成過去分詞時加 **-et**。	**lernen → gelernt** **fragen → gefragt** **arbeiten → gearbeitet** **rechnen → gerechnet**
不可分離動詞	動詞字根 + **t**。注：動詞帶有 **be-**、**ver-**、**er-**、**ge-**、**emp-** 等不可分的字首，構成過去分詞時不加 **ge-**。	**besuchen → besucht** **erklären → erklärt** **gehören → gehört**
可分離動詞	可分的字首 + **ge** + 根動詞字根 + **(e)t**。	**abholen → abgeholt** **anbauen → angebaut** **einkaufen → eingekauft**
以 **-ieren** 結尾的動詞	動詞字根 + **t**。構成過去分詞時不加 **ge-**。	**studieren → studiert** **gratulieren → gratuliert**
強變化（不規則）動詞	強變化，不規則變化無特定規律可循。	**stehen → gestanden** **kommen → gekommen** **verstehen → verstanden** **verlassen → verlassen** **aufstehen → aufgestanden** **ankommen → angekommen**

助動詞 haben 和 sein 如何區分使用，請見下表整理

助動詞 haben 和 sein 的使用說明

助動詞	説明	例句	中文
haben	及物動詞	Er **hat** Anna nach Hause **gefahren**. Ich **habe** ein Geschenk **bekommen**.	他開車送安娜回了家。 我收到一份禮物。
	情態動詞	Sie **hat** Anna besuchen **können**.	她看望了安娜。
	反身動詞與無人稱動詞	Sie **hat sich** über das E-Mail **gefreut**. Gestern **hat** es stark **geregnet**.	她收到郵件很高興。 昨天下雨了。
	部分不及物動詞，如表持續狀態或過程等。	**Hast** du gut **geschlafen**? Wir **haben** schon zwei Stunden **gewartet**.	你睡得好嗎？ 我們已經等了兩小時了。
sein	大多數不及物動詞，表位置與狀態變化，如 **kommen**、**gehen** 等。	Er **ist** mit Anna nach Hause **gefahren**. Wir **sind** um 6 Uhr **aufgestanden**.	他和安娜乘車回家了。 我們 6 點起床了。
	聯繫動詞：**sein**、**werden**、**bleiben**。	Er **ist** krank **gewesen**.	他病了。

現在完成式的用法

➲ 表示已經完成的事情。

例：Sie **haben** viele Sachen **gekauft**. 他們買了很多東西。

➲ 表示過去發生的行為，其影響和狀態至今仍然存在。

例：Herr Wang **ist** gestern nach Beijing **gefahren**.

王先生昨天去北京了。（他仍在北京）

Das Rohr **ist gebrochen**. 管子斷了。（我們得修理）

➲ haben 與 sein 的現在完成式，通常用過去式代替。

例：**Hatten** Sie Hunger? 您餓了嗎？

Waren Sie schon einmal in China? 您去過中國嗎？

4〉過去完成式

表示過去已完成的行為或事件。

過去完成式的構成：助動詞 haben/sein（過去式）＋動詞第二分詞 P.II。

過去完成式用法

⊃ 過去完成式表示事情發生在過去的某一事件之前，通常與過去式連用。

例：Der Vater fand den Schlüssel nicht. Tom **hatte** ihn auf den Tisch **gelegt**.

爸爸找不到鑰匙了，湯姆（之前）把鑰匙放在了桌子上。

Anna kam zu spät ins Kino. Der Film **hatte** schon **angefangen**.

安娜去電影院太晚了，電影已經開始了。

5〉未來式

表示將要發生的行為或事件。

未來式構成：助動詞 werden ＋動詞不定式（Infinitiv）。

未來式用法

⊃ 表示將要發生的動作。

例：Wir **werden** den Plan vorfristig **erfüllen.**

我們將提前完成計畫。

Wann **wirst** du in Deutschland **ankommen**?

你什麼時候到達德國？

⊃ 若句中有表將來的時間修飾語，可用現在式代替。

例：Morgen **gehe** ich zu Anna. 明天我去安娜家。

Nächste Woche **machen** wir Ausflug. 下週五我們去郊遊。

⊃ werden ＋動詞不定式形式還可表猜測，常搭配 sicher（肯定）、wohl（大概）、wahrscheinlich（可能）、vielleicht（也許）等詞。

例：Sie **wird** wohl krank **sein**. 她大概生病了。

Er **wird** das Geschenk vielleicht **annehmen**.

他可能會接受這個禮物。

7〉未來完成式

表示未來要完成的行為或事件。

未來完成式的構成：助動詞 werden + P.II（第二分詞）+ haben/sein

未來完成式用法

➲ 表示在未來某個時間裡將會完成的事件。

> 例：Nächstes Jahr **wird** sie das Studium an der Universität **beendet haben**.
>
> 明年她將完成大學學業。

➲ werden＋第二分詞＋haben/sein 的形式還可表示推測，常與 sicher（肯定）、wohl（大概）、wahrscheinlich（可能）、vielleicht（也許）等詞連用。

> 例：Anna **wird** wohl morgen etwas über Frau Schulz **erfahren haben**.
>
> 安娜大概明天就會知道有關舒爾茨女士的一些事情了。

1.6.3 動詞的語態

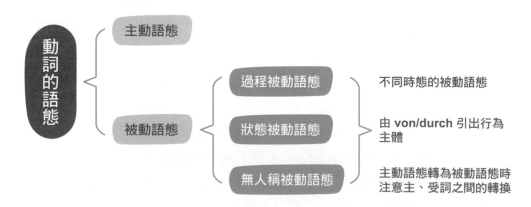

　　德語中，動詞的行動方式包括主動和被動兩種語態。一個句子中，如果主詞是動作的主體，即「行為主體、施事者」，則句子是主動語態；相反地，主詞是行為的對象，即行為的接受者，那麼句子是被動語態，本節主要討論被動語態的構成與用法。被動語態各時態的構成請見下表整理。

被動語態不同時態的構成

被動語態的不同時態	構成	例句	中文
現在式	**werden**（現在式人稱形式）+ P.II	**Ich werde vom Flughafen abgeholt.**	有人在機場接我。
過去式	**wurden**（過去式人稱形式）+ P.II	**Er wurde gestern vom Flughafen abgeholt.**	有人昨天把他從機場接走了。
現在完成式	**sein + P.II + worden**	**Er ist vom Flughafen abgeholt worden.**	他已經被人從機場接了回來。
未來式	**werden + P.II + werden**	**Wir werden vom Flughafen abgeholt werden.**	有人會在機場接我們。

被動語態的用法

大多數支配第四格受詞的（及物）動詞都可以構成被動語態。主動句轉為被動句時，原句第四格受詞變為被動句第一格主詞。

例：Ich **sende** das E-Mail. 我發送郵件。

Das E-Mail **wird gesendet**. 郵件被發送。

被動語態一般無需表明行為主體。必須表明時，人由介系詞 von，方式方法及路徑由介系詞 durch 來引導。此外，行為主體為手段、工具、媒介或材料時，則需借用介系詞 mit。

例：Mein Vater **repariert** ein Fahrrad. 我的父親修理自行車。

Ein Fahrrad **wird von** meinem Vater **repariert**.
自行車被我父親修理。

Das Erdbeben **zerstörte** das Dorf. 地震摧毀了這座村莊。

Das Dorf **wurde durch** das Erdbeben **zerstört**.
這座村莊被地震摧毀了。

除了上述例句中強調過程的過程被動語態，強調結果的狀態被動語態也較常見，用以表示動作過程結束後留下的狀態。一般情況下，省略行為主體，其構成方式為：sein + P.II。

例：Das Fahrrad **ist** schon **repariert worden**.
自行車已修過了。（過程被動語態的現在完成式）

Das Fahrrad **ist** schon **repariert**.

自行車已修好。（狀態被動語態）

　　及物動詞一般都可以構成被動語態。同時，部分以人為主詞的不及物動詞也可以構成所謂無人稱被動語態。無人稱被動語態中，語法主詞 es 通常位於句首。若句首為句子其他成分，則可省略 es。

　　例：Es wurde ihm **oft geholfen**. 經常有人幫助他。

　　　　Ihm wurde oft **geholfen**. 經常有人幫助他。

　　　　Auf der Party wird getanzt. 有人在宴會上跳舞。

1.6.4 動詞的敘述方式

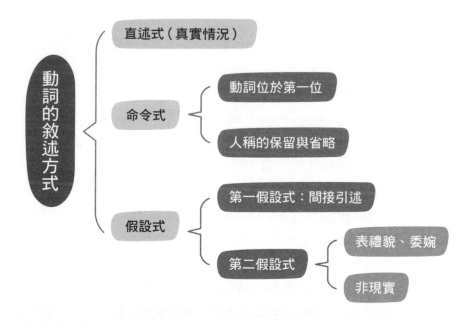

　　德語的敘述方式分為直述式、假設式和命令式。直述式所述動作或狀態為真實狀況、或被認為是真實的、在日常生活中使用最為普遍。直述式動詞用法參見動詞的時態部分。本節重點討論假設式和命令式的用法。

(1) 命令式

　　命令式指說話人向他人提出請求、要求或命令，只有「直述式現在式」一種時態，句末一般帶感嘆號。命令式的構成，請見下表整理。

命令式的構成

命令句 構成類型	du 的 命令式構成	ihr 的 命令式構成	Sie 的 命令式構成	wir 的 命令式構成
das Buch mitnehmen 拿書	**Nimm das Buch mit!**	**Nehmt das Buch mit!**	**Nehmen Sie das Buch mit!**	**Nehmen wir das Buch mit!**
hereinkommen 進來	**Komm bitte herein!**	**Kommt bitte herein!**	**Kommen Sie bitte herein!**	**Kommen wir herein!**
die Wäsche waschen 洗衣服	**Wasch(e) die Wäsche!**	**Wascht die Wäsche!**	**Waschen Sie bitte die Wäsche!**	**Waschen wir die Wäsche!**
總結	動詞字根（**e**）置於首位，省略人稱。	動詞的人稱字尾變化置於首位，省略 **ihr** 人稱。	動詞原形置於首位，人稱 **Sie** 位於第二位。	動詞原形置於首位，人稱 **wir** 位於第二位。

(2) 假設式

　　德語中的假設語法包括第一假設式和第二假設式。

1〉第一假設式

第一假設式主要用於間接引述句、間接命令或期望實現的願望。
第一假設式的構成：動詞字根＋人稱變化字尾，請見下表整理。

第一假設式的動詞變位

人稱	ich	du	er/sie/es	wir	ihr	sie/Sie
字尾	-e	-est	-e	-en	-et	-en
例子	frage	fragest	frage	fragen	fraget	fragen
特殊變化例子	sei	sei(e)st	sei	seien	seiet	seinen

第一假設式的時態構成與直述式的構成比較，請見下表整理。

第一假設式與直述式的構成比較

動詞	敘述方式	現在式	過去式	未來式
nehmen	第一假設式	**er nehme**	（現在完成式）**er habe genommen**	**er werde nehmen**
	直述式	**er nimmt**	（現在完成式）**er hat genommen** （過去式）**er nahm** （過去完成式）**er hatte genommen**	**er wird nehmen**

⚠ 與直述式有三種表過去的時態不同，第一假設式的過去時態只有一種，即第一假設式的完成式。

第一假設式的用法，請見下表整理。

第一假設式的用法

說明	例句	中文
德語間接引述句語的表達，除了要注意相應的人稱變化，還要使用第一假設式，表達客觀轉述別人的話。	**Anna sagt: "Ich bin krank."** **Anna sagt, dass sie krank sei.**	安娜說，她生病了。
	Anna fragt Tom: "Willst du meine Schwester kennenlernen?" **Anna fragt Tom, ob er ihre Schwester kennenlernen wolle.**	安娜問湯姆，是否願意認識她妹妹。
用 **mögen** 表達委婉的命令；直接命令用 **sollen**。	**Sie bittet mich, dass ich ihr Bescheid sagen möge.** **Sie befehlt mich, dass ich ihr Bescheid sagen solle.**	她請求我把這件事告訴她。 她讓我把這件事告訴她。
表達願望	**Es lebe das Volk!** **Möge er viel Glück haben!**	人民萬歲！ 願他好運！

2〉第二假設式

第二假設式表示難以實現的願望、無法成真的假設，禮貌委婉地提出建

議或發表意見，用於非現實條件句與非現實比較句中。第二假設式的構成，
請見下表整理。

第二假設式的動詞變位

人稱	弱變化（規則）動詞：與直述式過去式變化相同		第二假設法人稱字尾	強變化（不規則）動詞：動詞過去式字根＋人稱字尾		字根母音為 a、o、u 時，要進行變音	
ich	sagte	arbeitete	-e	ginge	sollte	wäre	hätte
du	sagtest	arbeitetest	-est	gingest	solltest	wärest	hättest
er/sie/es	sagte	arbeitete	-e	ginge	sollte	wäre	hätte
wir	sagten	arbeiteten	-en	gingen	sollten	wären	hätten
ihr	sagtet	arbeitetet	-et	ginget	solltet	wäret	hättet
sie/Sie	sagten	arbeiteten	-en	gingen	sollten	wären	hätten

⚠ 表達第二假設式時，為便於記憶，常用第二假設式的替代形式：würden ＋
動詞不定式。

　第二假設式的用法，請見下表整理。

第二假設式的用法

説明	例句	中文	注意事項
非現實願望句	**Wenn das Wetter doch schön wäre!** **Wäre das Wetter doch schön!**	要是天氣晴朗就好了！（實際上天氣不好）	省略 **wenn** 時，需將謂語動詞置於句首，常搭配 **nur** 或 **doch**，以加強語氣。
非現實條件句	**Wenn ich Zeit hätte, ginge ich zu dir.** **Hätte ich Geld, baute ich ein großes Haus.**	如果我有時間，就去你那兒。 如果我有錢的話，就建個大房子。	省略 **wenn** 時，需將謂語變化部分置於句首。
非現實比較句	**Er tut so, als ob er alles könnte.** **Es war so warm, als käme der Sommer.**	他裝模作樣，好像他無所不能似的。 天氣這麼熱，似乎夏天來了。	**als ob** 引導從句為尾語序，動詞位於句尾；用 **als** 引導，動詞位於 **als** 之後，為反語序。
禮貌委婉地提建議或發表意見；不真實的假設。	**Entschuldigung, könnten Sie uns helfen?** **Hättest du Lust zu meiner Party?** **An Ihrer Stelle würde ich das nicht machen.**	抱歉，您能幫幫我們嗎？ 你有興趣來我的聚會嗎？ 如果我是您，我不會這麼做。	表達禮貌。

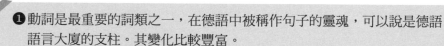

重點提示 ··

❶動詞是最重要的詞類之一，在德語中被稱作句子的靈魂，可以說是德語語言大廈的支柱。其變化比較豐富。

❷德語語句以動詞為中心，有其特色框架結構。

Unit 02 基礎句型

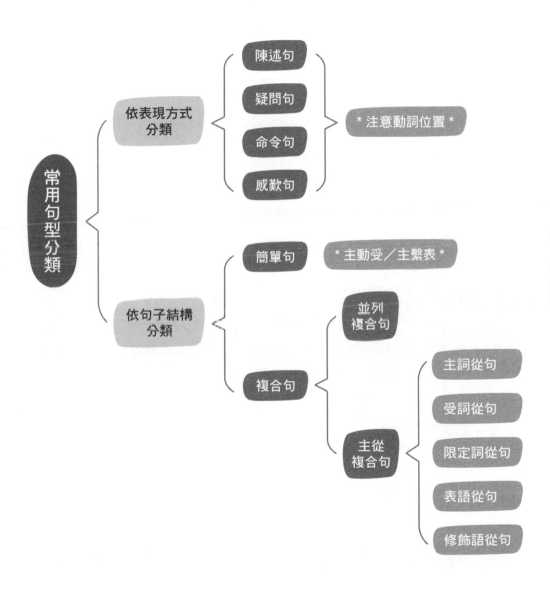

依表現方式分類
- 陳述句
- 疑問句
- 命令句
- 感歎句

＊注意動詞位置＊

常用句型分類

依句子結構分類
- 簡單句 ＊主動受／主繫表＊
- 複合句
  - 並列複合句
  - 主從複合句
    - 主詞從句
    - 受詞從句
    - 限定詞從句
    - 表語從句
    - 修飾語從句

2.1 依表現方式分類

依表現方式可將句子分為陳述句、疑問句、命令句和感歎句四類，請見下表整理。

依表現方式分類的句型

句子類型		動詞位置	例句	中文
陳述句		第二位	**Er fährt nach Berlin.** **Morgen fährt er nach Berlin.**	他搭車去柏林。 他明天乘車去柏林。
疑問句	特殊疑問句	第二位	**Wann kommst du zurück?**	你什麼時候回來？
	一般疑問句	第一位	**Hast du Geld?**	你有錢嗎？
命令句		第一位	**Seien Sie bitte ruhig!**	請你保持安靜！
感歎句		第二位	**Wie schön ist das Wetter!**	天氣真好啊！

⚠ 動詞位置的第二位表示句法成分的第二位，而非位於第二位的單字。

2.2 依句子結構分類

依句子結構可以將句子分為簡單句和複合句。簡單句一般為「主詞 + 謂語 + 受詞」或「主詞 + 繫詞 + 表語」結構。複合句由兩個或兩個以上的句子組合而成，其組合借助一定的文法結構來完成。

2.2.1 並列複合句

若在語法上互不從屬，但在語義上有一定聯結關係的複合句，則稱為「並列複合句」。請見下表整理常用的並列複合句。

常用的並列複合句

並列連接詞	例句	中文
und：和，而	**Ich bin Anna, und das ist Tom.**	我是安娜，而這位是湯姆。
aber：但是	**Anna wohnt in Shanghai, aber ihre Schwester wohnt in Beijing.**	安娜住在上海，但她的姐姐住在北京。

並列連接詞	例句	中文
oder：或者	**Trinkst du Wein, oder gehst du jetzt ins Kino?**	你喝紅酒嗎，還是現在要去電影院？
denn：因為	**Er kommt heute nicht zum Unterricht, denn er ist krank.**	他今天沒來上課，因為他生病了。
sondern：而是	**Er zahlt nicht bar, sondern überweist den Betrag.**	他沒有付現金，而是轉帳。

⚠ 德語的從句一般為尾語序（從句的動詞置於從句的句尾），但並列複合句則不會受到語序規則的影響。

2.2.2 主從複合句

句義上有一定的聯繫，且在文法上呈現一定的主從關係的複合句，我們稱之為「主從複合句」。主從複合句中，從句隸屬於主要子句（主句），並對主句文法成分進行限定、修飾，補充或說明。根據從句在主句中的文法特性，可將其分為以下五類，請見下圖整理。

（1）主詞從句

修飾或說明「主要子句主詞」的從句，稱為「主詞從句」。常用主詞從句的類型，請見下表整理。

常見主詞從句之類型

主詞從句類型	例句	中文
由從屬連接詞 **dass**、**ob** 引導的主詞從句	**Dass er gesund bleibt, ist das Wichtigste.** **Es ist das Wichtigste, dass er gesund bleibt.**	他保持健康，這才是最重要的。
	Ob sie mit meinem Plan zufrieden sind, ist mir ganz egal. **Es ist mir ganz egal, ob sie mit meinem Plan zufrieden sind.**	他們是否對我的計畫滿意，我並不在乎。
由疑問代名詞 **wer**、**was** 及各種疑問副詞、疑問代副詞引導的主詞從句	**Wer nicht arbeitet, soll auch nicht essen.**	不勞者不得食。
	Was vorbei ist, ist vorbei.	過去的就過去了。
	Warum er nicht am Wettkampf teilgenommen hat, ist mir ganz klar.	我很清楚他為什麼沒有參加比賽。
以帶 **zu** 不定式（**zu** + 動詞不定式）短語形式出現的主詞從句	**Das Geschenk bekommen zu haben, freut ihn.**	收到這個禮物令他十分開心。

（2） 受詞從句

受詞從句代替或進一步說明主句中的受詞或介系詞後面的受詞（介系詞受詞），可分為直接受詞從句與介系詞受詞從句。請見下表整理常見的受詞從句類型。

常見受詞從句之類型

受詞從句類型及說明		例句	中文
直接受詞從句	由連接詞 **dass**、**ob** 引導的受詞從句	**Ich weiß doch nicht, ob er morgen kommt oder nicht.**	我不知道，他明天是否會來。
		Anna merkt, dass Frau Zhang mit ihr sprechen will.	安娜察覺到，張女士要和她說話。

受詞從句類型及説明		例句	中文
直接受詞從句	由疑問代名詞 **was** 及各種疑問副詞、疑問代副詞引導的受詞從句	**Niemand hat mir gesagt, wann der Film beginnt.**	沒人告訴我電影什麼時候開始。
		Ich habe gesehen, was er hier gemacht hat.	我看見他在這裡做了什麼。
	以帶 **zu** 不定式短語形式出現的受詞從句	**Er entschließt sich, bald abzureisen.**	他決定馬上啟程。
介系詞受詞從句	由連詞 **dass**、**ob** 引導的介系詞受詞從句	**Ich freue mich darüber, dass mein Freund in Beijing angekommen ist.**	我很高興，我男朋友到達北京了。
		Er erinnert sich nicht daran, ob er an dieser Sitzung teilgenommen hat oder nicht.	他不能回憶起自己是否參加了這個會議。
	由疑問詞引導的介系詞受詞從句	**Sie denkt darüber nach, wer gestern zu ihr gekommen ist.**	她在思考昨天誰來她這兒了。

(3) 表語（補語）從句

主要子句的謂語為 sein、bleiben、werden 等聯繫動詞時，從句作為表語（補語），其常見類型請見下表整理。

常見表語從句之類型

補語從句類型	例句	中文
由連接詞 **dass**、**ob** 引導的表語從句	**Die Frage ist, ob er morgen noch kommt.**	問題是，他明天是否還會來。
由疑問詞引導的表語從句	**Sie will werden, was ihre Schwester ist.**	她要像她姐姐那樣。
由帶**zu** 不定式替代表語從句	**Sein Wunsch ist, Arzt zu werden.**	他的夢想是成為一名醫生。

（4） 限定詞從句

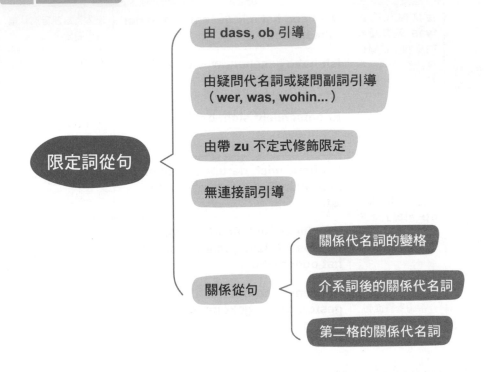

限定詞從句對主句中的名詞、代名詞進行修飾或限定，常用連接詞、疑問詞所引導的從句、不定式結構、無連接詞從句和關係從句作限定詞，請見下表整理。

限定詞從句常見類型

限定詞從句類型	例句	中文
由連接詞 **dass**、**ob** 引導的限定詞從句	**Ich bin der Meinung, dass wir vor der Prüfung fleißig lernen sollen.**	我認為，考試前我們應該努力學習。
	Anna hat die Frage, ob wir morgen Unterricht haben.	安娜有一個問題，我們明天是否上課。
由疑問代名詞與疑問副詞引導的限定詞從句	**Die Frage , wohin das Geschenk geschickt wird, weiß ich nicht.**	我不知道這個禮物要寄到哪裡。

限定詞從句類型	例句	中文
由帶 **zu** 不定式修飾或限定名詞，起限定作用	**Tom hat die Absicht, in Deutschland zu studieren.**	湯姆有去德國深造的打算。
無連接詞之限定詞從句	**Ich bin der Auffassung, du bist das Beste der Klasse.**	我認為，你是班上最棒的。
關係從句	請見以下說明	

由關係代名詞引導的關係從句是最為常見的限定詞從句，用來補充說明主句中的某人或某物，常緊跟於相關名詞或代名詞之後。

Ich bringe **das Buch** mit, **das** meine Mutter mir **schenkt**.

　　　　　↑　　　　↑
　　　關聯詞　　關係代名詞

我帶上母親送我的這本書。（我帶上這本書，這本書是母親送給我的。）

關係代名詞的性或數由關聯詞（先行詞）決定，關係代名詞的格，由其在從句中的句子成分決定。關係代名詞的變格形式，請見下表整理。

關係代名詞的變格

數 格＼性	單數			複數
	陽性	中性	陰性	複數
第一格	**der**	**das**	**die**	**die**
第二格	dessen	dessen	deren	deren
第三格	**dem**	**dem**	der	denen
第四格	**den**	**das**	**die**	**die**

⚠ 上表顏色標注的關係代名詞變化與其指示代名詞變格並不相同，需單獨記憶。

例：

Der Student ist mein Bruder,
這名大學生是我哥哥，

der gerade aufsteht.
他剛剛起床。

dessen Computer sehr teuer ist.
他的電腦很貴。

dem sie geholfen haben.
他們幫助了**他**。

den ich gegrüßt habe.
我跟**他**打招呼。

Das Kind ist sehr süß,
這小孩很可愛，

das im Zimmer fernsieht.
他在房間裡看電視。

dessen Haare schwarz sind.
他的**頭髮**是黑色的。

dem Anna das Buch gegeben hat.
安娜把書給**他**了。

das Tom getroffen hat.
湯姆遇見了**他**。

Die Frau ist meine Lehrerin,
這名女士是我的老師，

die dort sitzt.
她坐在那兒。

deren Kleid auffällig ist.
她的裙子很引人注目。

der ich auf der Straße begegnet habe.
我在街上碰見了**她**。

die meine Mutter kennt.
我媽媽認識**她**。

Da sind die Leute,
那有一群人，

die auf dem Platz stehen.
他們站在廣場上。

deren Auto kaputt ist.
他們的汽車壞了。

denen ich danken möchte.
我想感謝**他們**。

die ich gefragt habe.
我詢問了**他們**。

關係代名詞與介系詞連用，介系詞在前，關係代名詞依照介系詞要求做相應變化。但關係代名詞第二格不再做變化。

例：Die Stadt, **in der** ich aufgewachsen bin, entwickelt sich schnell.

這座城市快速發展，我在這裡長大。

Das Thema, **über das** wir auf der Konferenz diskutieren wollen, handelt von Umweltschutz.

會議上我們要討論的話題涉及環境保護。

Herr Wang, **mit dessen** Frau ich gerade telefoniert habe, besucht heute die Firma.

我剛和王先生的夫人通過電話，他今天拜訪公司。

Die Frau, **auf deren** Vorschläge man hören kann, ist sehr klug.

這位女士很聰明，她的建議可以聽聽。

　　如果主句中關聯詞為形容詞最高級的名詞形式或不定代名詞 etwas，weniges，nichts，das，vieles，alles 等，從句用關係代名詞 was 引導。

例：Das ist **das Schönste**, **was** ich gesehen habe.

這是我見過最美的。

Sie sagt **vieles**, **was** ich nicht verstehe.

他說了很多我不明白的東西。

Der Kranke darf **nichts** lesen, **was** ihn aufregen kann.

這位病人不能閱讀會令他激動的內容。

（5）修飾語從句

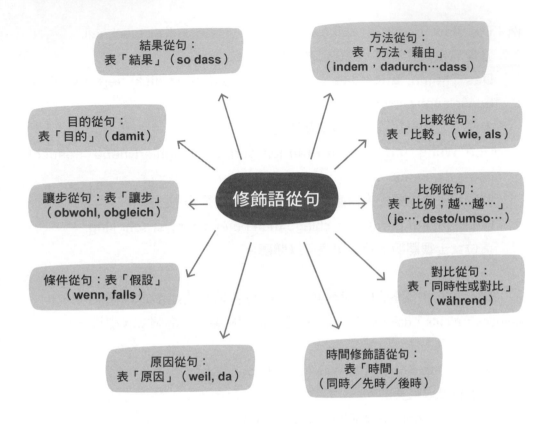

修飾語從句在主句中作修飾語，說明主句事態在何種狀況下發生。

1〉原因從句

表「原因」，常用連接詞 weil（因為）和 da（因為）引導，其中，da 引導的從句表示「已知原因」，常置於主句之前。

例：Das Mädchen weint, **weil** seine Puppe schmutzig ist.

女孩哭了，因為她的玩偶髒了。

Da Frau Wang krank ist, kann sie nicht zum Unterricht kommen.

因為王小姐生病了，她無法來上課。

2〉條件從句

表「假設」，用來說明主句主詞的行為在何種條件下發生，常用連接詞 wenn（如果）引導。從句可位於主句前，也可位於主句後。

例：**Wenn** es nicht regnet, gehen wir dann spazieren.

如果不下雨，我們一會兒就去散步。

Wir gehen nach Hause, **wenn** ich mit meiner Arbeit fertig bin.

如果我完成了工作，我們就回家。

假設具有偶然性或特殊性時，常用連接詞 falls（如果）引導。

例：**Falls** ich noch einen Parkplatz finde, gehe ich zum Einkaufen.

如果還能找到停車位的話，我就去購物。

3〉讓步從句

表「讓步」，從句描述情況與主句事實抵觸，但又不影響主句事件的發生，常用連詞 obwohl/obgleich（儘管）引導。從句可位於主句前，也可位於主句後。

例：**Obwohl** es kalt ist, gehen wir zum Park.

雖然很冷，我們還是去公園。

Ich kann ihn in diesem Fall nicht unterstützen, **obgleich** er mein bester Freund ist.

這種情況下我不能支援他，**雖然**他是我最好的朋友。

4〉目的從句

表「目的」，常用連接詞 damit（為了）引導，當從句的主詞與主句的主詞一致，可用 um...zu... 結構代替。

例：Ich muss arbeiten, **damit** meine Familie ein besseres Leben führen kann.

我必須工作，**為了**我的家人能過上更好的生活。

Er lernt sehr fleißig Deutsch, **damit** er in Deutschland studiert.

Er lernt sehr fleißig Deutsch, **um** in Deutschland **zu** studieren.

他**為了**去德國念書，非常勤奮地學習德語。

5〉結果從句

表「結果」，說明主句事實所產生的結果，常用 so dass 或 so...dass（所以，太⋯以至於⋯）引導。

例：Herr Wang ist krank, **so dass** er heute nicht ins Büro gehen kann.
王先生生病了，所以他今天不能來辦公室。

Das Geschenk ist **so groß**, **dass** ich allein nicht tragen kann.
禮物太大，以至於我不能一個人拿。

6〉方法從句

表「方法、藉由」的從句，引導主句事件取得一個結果，常用 indem（透過）、dadurch...dass（藉由）。

例：Er verbessert seine Leistungen, **indem** er fleißig lernt.
他**透過**努力學習提高成績。

Er schaltet die Maschine **dadurch** ein, **dass** er auf diesen Knopf drückt. 他**藉由**按下這個按鈕打開設備。

7〉比較從句

表「比較」，對主句行為和從句行為進行比較。連接詞 wie（與⋯一樣）引導同級比較從句。

例：Die Stadt ist **so schön**, **wie** ich gedacht habe.
這座城市和我想的一樣漂亮。

Anna arbeitet **so gut**, **wie** wir (es) erwartet haben.
安娜如我們期待的那樣工作得很好。

連接詞 als（比⋯更⋯），引導不同級比較從句，主句中往往含有副詞 anders 或比較級的形容詞。

例：Er sieht **anders** aus, **als** ich gedacht habe.
他看起來和我們想的不太一樣。

Die Stadt ist **schöner**, **als** ich mir vorgestellt habe.
這座城市比我想像中更漂亮。

8〉比例從句

je..., desto/umso... 越⋯越⋯，表示主從句所述情況變化成比例。

例：**Je älter** er wird, **desto klüger** wird er. 他年紀**越大越**聰明。

Je schwerer die Arbeit ist, **umso größer** ist die Freude über den Erfolg. 工作難度**越高**，成功後的喜悅**越大**。

9〉對比從句

連接詞 während 引導的對比從句說明主句事件與從句事件相對或相反，表「對比」。

例：**Während** ich arbeite, sieht meine Schwester fern.

我在工作，我的妹妹卻在看電視。

Heute ist das Wetter herrlich, **während** es gestern regnet.

昨天下雨，今天天氣卻很好。

10〉時間修飾語從句

表「**同時**」的用法，請見下表整理。

表「同時」的時間修飾語從句

常用連接詞	例句	中文
在⋯期間 **während**	**Während ich koche, kannst du den Tisch decken.**	我在做飯時，你可以收拾桌子。
當⋯時 **wenn** **als**（過去一次性）	**Wenn du an mich denkst, kannst du mich anrufen.**	當你想我的時候，可以打電話給我。
	Als ich ihn zum ersten Mal gesehen habe, verliebte ich mich in ihn.	當我第一次見到他時，我就愛上他了。
當，只有 **solange**	**Ich muss das erledigen, solange ich noch Urlaub habe.**	在度假期間，我必須完成這件事。
自⋯以來 **seit/seitdem**	**Seitdem er nicht mehr Alkohol trinkt, fühlt er sich besser.**	自從他不喝酒以來，感覺更好了。

表「**先時**」（從句事件發生於主句之前）的用法，請見下表整理。

表「先時」的修飾語從句

常用連接詞	例句	中文
在…之後： **nachdem**（主句用現在式或未來式，從句用現在完成式；主句用過去式或現在完成式，從句用過去完成式。）	**Nachdem sie mit der Prüfung fertig gewesen ist, fährt sie nach Hause.** **Nachdem er das Studium abgeschlossen hatte, fuhr er in die Heimat zurück.**	我考完試後就回家了。 他完成學業後就返回家鄉去了。
一旦…就… **sobald**	**Ich rufe dich an, sobald ich zu Hause bin.**	我一到家就打電話給你。

表「**後時**」（從句事件發生於主句之後）的用法，請見下表整理。

表「後時」的修飾語從句

常用連接詞	例句	中文
在…之前 **bevor/ehe** （從句時態不能早於主句時態。）	**Bevor er abreiste, besuchte er noch seine Lehrerin.**	他出發前還去拜訪了老師。
直到… **bis**	**bis Ich warte hier, bis er kommt.**	我在這裡等著，直到他來。

3

單字課
最常用的情境分類單字

3_01.mp3

Ingwer	*m. unz.*	薑
Lauch	*m. unz.*	蔥
Knoblauch	*m. unz.*	蒜
Schnittlauch	*m. unz.*	香蔥
Zwiebel	*f.* -n	洋蔥
Sellerie	*m./f.* -/-n	芹菜
Spargel	*m.* -	蘆筍
Wasserspinat	*m.* -	空心菜

莖菜
Stängelgemüse

蔬菜
Gemüse

Blumenkohl	*m. unz.*	花椰菜
Brokkoli	*pl.*	青花菜
Taglilie	*f.* -n	金針花
Rosenkohl	*m. unz.*	球芽甘藍
Rotkohl	*m. unz.*	紅甘藍

花菜
Kohlgemüse

Champignon	*m.* -s	口蘑
Austernseitling	*m.* -e	平菇
Graspilz	*m.* -e	草菇
Judasohr	*n.* -	木耳
Austernpilz	*m.* -e	鳳尾菇
Pfifferling	*m.* -e	雞油菌
Steinpilz	*m.* -e	牛肝菌

菌菇
Pilze

葉菜
Blattgemüse

Salat	*m.* -e	生菜
Eisbergsalat	*m.* -e	圓生菜
Spinat	*m. unz.*	菠菜
Weißkohl	*m. unz.*	高麗菜
Chinakohl	*m. unz.*	大白菜
Rucola	*m.f.* -	芝麻菜
Feldsalat	*m. unz.*	羊萵苣

果菜
Fruchtgemüse

Gurke	*f.* -n	黃瓜
Kürbis	*m.* -se	南瓜
Zucchini	*f.* -	櫛瓜
Tomate	*f* -n	番茄
Aubergine	*f.* -n	茄子
Bohne	*f.* -n	菜豆
Erbse	*f.* -n	豌豆
Paprika	*m./f.* -(s)	甜椒

根菜
Wurzelgemüse

Kartoffel	*f.* -n	馬鈴薯
Süßkartoffel	*f.* -n	番薯
Möhre	*f.* -n	紅蘿蔔
Radieschen	*n.* -	小紅蘿蔔
Lotoswurzel	*f.* -n	蓮藕
Jamswurzel	*f.* -n	山藥
Tarowurzel	*f.* -n	芋頭

編注：詞性標示後面的灰字標示為「名詞的數」，詞性標示請參考 P.10，名詞的數請參考 P.116。

Unit
02 常見的水果

3_02.mp3

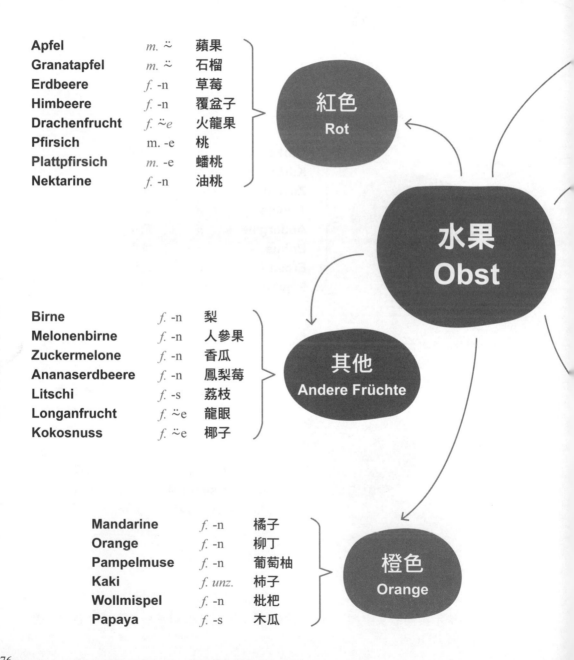

Apfel	*m.* ⸚	蘋果
Granatapfel	*m.* ⸚	石榴
Erdbeere	*f.* -n	草莓
Himbeere	*f.* -n	覆盆子
Drachenfrucht	*f.* ⸚e	火龍果
Pfirsich	m. -e	桃
Plattpfirsich	m. -e	蟠桃
Nektarine	*f.* -n	油桃

紅色
Rot

水果
Obst

Birne	*f.* -n	梨
Melonenbirne	*f.* -n	人參果
Zuckermelone	*f.* -n	香瓜
Ananaserdbeere	*f.* -n	鳳梨莓
Litschi	*f.* -s	荔枝
Longanfrucht	*f.* ⸚e	龍眼
Kokosnuss	*f.* ⸚e	椰子

其他
Andere Früchte

Mandarine	*f.* -n	橘子
Orange	*f.* -n	柳丁
Pampelmuse	*f.* -n	葡萄柚
Kaki	*f. unz.*	柿子
Wollmispel	*f.* -n	枇杷
Papaya	*f.* -s	木瓜

橙色
Orange

綠色 Grün			
Olive	*f.* -n	橄欖
Avocado	*m.* -s	酪梨
Wassermelone	*f.* -n	西瓜
Hami-Melone	*f.* -n	哈密瓜
Dattel	*f.* -n	棗子
Guave	*f.* -n	芭樂
Limette	*f.* -n	萊姆
Zimtapfel	*m.* ~	釋迦
Kiwi	*f.* -s	奇異果

黃色 Gelb			
Banane	*f.* -n	香蕉
Zitrone	*f.* -n	檸檬
Mango	*f.* ...onen/-s	芒果
Ananas	*f.* -/-se	鳳梨
Aprikose	*f.* -n	杏
Pomelo	*f.* -s	柚子
Stinkfrucht	*f.* ~e	榴槤

紫色 Lila			
Traube	*f.* -n	葡萄
Blaubeere	*f.* -n	藍莓
Kirsche	*f.* -n	櫻桃
Pflaume	*f.* -n	李子
Maulbeere	*f.* -n	桑葚
Feige	*f.* -n	無花果
Mangostanfrucht	*f.* ~e	山竹

3_03.mp3

Käsekuchen	*m. -*	起司蛋糕
Mohnkuchen	*m. -*	罌粟籽派
Sandkuchen	*m. -*	沙威蛋糕
Bienenstich	*m. -e*	蜂螫蛋糕
Apfelstrudel	*m. -*	薄皮蘋果卷
Toastbrot	*n. -e*	吐司麵包
Schnecke	*f. -n*	蝸牛形麵包卷
Schwarzwälder Kirschtorte		
		黑森林蛋糕

糕點
Kuchen

零食與飲料
Snacks und
Getränke

Wein	*m. -e*	葡萄酒
Bier	*n. unz.*	啤酒
Schnaps	*m. ~e*	燒酒
Whisky	*m. -s*	威士卡
Likör	*m. -e*	利口酒
Champagner	*m. -*	香檳酒
Tequila	*m. -s*	龍舌蘭酒
Weinbrand	*m. ~e*	白蘭地
Rum	*m. unz.*	蘭姆酒

酒精飲品
Alkoholisches
Getränk

Fruchtsaft	*m. ~e*	果汁
Gemüsesaft	*m. ~e*	蔬菜汁
Mineralwasser	*n. unz.*	礦泉水
Kaffee	*m. unz.*	咖啡
Cola	*n./f. -s*	可樂
Fanta	*n./f. -s*	芬達
Sprite	*n./f. -s*	雪碧

不含酒精
的飲料
Softdrinks

糖果 Süßigkeiten			
Gummibonbon	*n.* -s	橡皮軟糖
Drops	*m./n.* -/-e	水果糖
Lutscher	*m.* -	棒棒糖
Kaugummi	*m.* -(s)	口香糖
Nougat	*m./n.* -s	牛軋糖
Maltose	*f. unz.*	麥芽糖
Halspastille	*f.* -n	潤喉糖
Knisterzucker	*m. unz.*	跳跳糖

巧克力 Schokoladen

Milchschokolade	*f.* -n	牛奶巧克力
dunkle Schokolade		黑巧克力
weiße Schokolade		白巧克力
Bitterschokolade	*f* -n	苦味巧克力
Praline	*f.* -n	夾心巧克力
Marzipanpraline	*f.* -n	杏仁巧克力
Schokoladentafel	*f.* -n	平板形巧克力
Schokoladenkugel	*f.* -n	球形巧克力

堅果 Nüsse

Erdnuss	*f.* ~e	花生
Melonenkern	*m.* -e	瓜子
Walnuss	*f.* ~e	核桃
Maroni	*f.* -	栗子
Haselnuss	*f.* ~e	榛子
Piniennuss	*f.* ~e	松子
Cashewnuss	*f.* ~e	腰果
Pistazie	*f.* -n	開心果

04 日期與時間

3_04.mp3

Frühling	*m.* -e	春季
Sommer	*m.* -	夏季
Herbst	*m.* -e	秋季
Winter	*m.* -	冬季
jahreszeitlich	*adj.*	季節性的

季節
Jahreszeit

日期與時間
Datum
und Zeit

einmal	*adv.*	一次
zweimal	*adv.*	兩次
mehrmals	*adv.*	多次
jedesmal	*adv.*	每次
immer	*adv.*	總是，一直
oft	*adv.*	經常
häufig	*adj.*	經常的，頻繁的
ständig	*adj.*	持續不斷的
ewig	*adj.*	永遠的

頻率
Häufigkeit

Morgen	*m.* -	早晨
Vormittag	*m.* -e	上午
Mittag	*m.* -e	中午
Nachmittag	*m.* -e	下午
Abend	*m.* -e	晚上
Nacht	*f.* ~e	夜裡

一天
Tag

星期 Woche			
Montag	*m.* -e	星期一
Dienstag	*m.* -e	星期二
Mittwoch	*m.* -e	星期三
Donnerstag	*m.* -e	星期四
Freitag	*m.* -e	星期五
Samstag	*m.* -e	星期六
Sonntag	*m.* -e	星期日

月份 Monat			
Januar	*m.* -e	一月
Februar	*m.* -e	二月
März	*m.* -e	三月
April	*m.* -e	四月
Mai	*m.* -e	五月
Juni	*m.* -s	六月
Juli	*m.* -s	七月
August	*m.* -e	八月
September	*m.* -	九月
Oktober	*m.* -	十月
November	*m.* -	十一月
Dezember	*m.* -	十二月

鐘錶 Uhr			
Kuckucksuhr	*f.* -en	掛鐘，咕咕鐘
Stundenzeiger	*m.* -	時針
Minutenzeiger	*m.* -	分針
Sekundenzeiger	*m.* -	秒針
Stunde	*f.* -n	小時
Minute	*f.* -n	分鐘
Sekunde	*f.* -n	秒
Viertelstunde	*f.* -n	一刻鐘

3_05.mp3

römische Ziffern	*pl.*	羅馬數字
Grundzahl	*f.* -en	基數詞
Ordnungszahl	*f.* -en	序數詞
ganze Zahl		整數
gerade Zahl		偶數
ungerade Zahl		奇數
positive Zahl		正數
negative Zahl		負數

數
Ziffern

數字
Zahlen

plus	*konj.*	加
minus	*konj.*	減
mal	*konj.*	乘
durch	*präp.*	除

四則運算
Grundrechnungsarten

tausend	*num.*	千
zehntausend	*num.*	萬
hunderttausend	*num.*	十萬
Million	*f.* -en	百萬
Milliarde	*f.* -n	十億
Billion	*f.* -en	一兆

百
Hundert

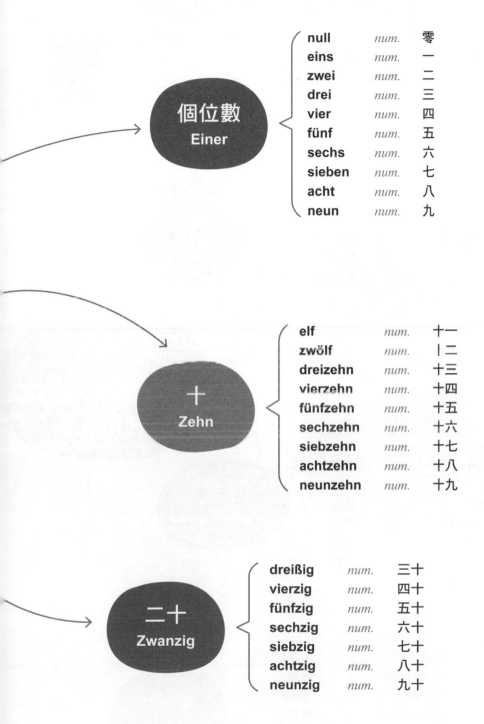

null	*num.*	零
eins	*num.*	一
zwei	*num.*	二
drei	*num.*	三
vier	*num.*	四
fünf	*num.*	五
sechs	*num.*	六
sieben	*num.*	七
acht	*num.*	八
neun	*num.*	九

個位數
Einer

elf	*num.*	十一
zwölf	*num.*	十二
dreizehn	*num.*	十三
vierzehn	*num.*	十四
fünfzehn	*num.*	十五
sechzehn	*num.*	十六
siebzehn	*num.*	十七
achtzehn	*num.*	十八
neunzehn	*num.*	十九

十
Zehn

dreißig	*num.*	三十
vierzig	*num.*	四十
fünfzig	*num.*	五十
sechzig	*num.*	六十
siebzig	*num.*	七十
achtzig	*num.*	八十
neunzig	*num.*	九十

二十
Zwanzig

3_06.mp3

Seeklima	*n. unz.*	海洋性氣候
Kontinentalklima	*n. unz.*	大陸性氣候
Mittelmeerklima	*n. unz.*	地中海型氣候
Treibhauseffekt	*m. unz.*	溫室效應
Klimaschutz	*m. unz.*	大氣保護
klimatisch	*adj.*	受氣候左右的

氣候
Klima

天氣氣候
Wetter und
Klima

Schnee	*m. unz.*	雪
schneien	*vi.*	下雪
frieren	*vi.*	結冰
Eisblume	*f.* -n	冰花
Schneeflocke	*f.* -n	雪花
Schneemann	*m.* ~er	雪人
rutschen	*vi.*	滑倒

冰雪
Eis und Schnee

Sonne	*f.* -n	太陽
scheinen	*vi.*	照耀
heiter	*adj.*	晴朗的
wolkenlos	*adj.*	無雲的
warm	*adj.*	溫暖的
heiß	*adj.*	炎熱的
trocken	*adj.*	乾燥的

晴天
Sonnige Tage

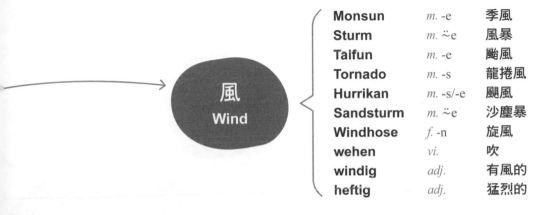

Monsun	m. -e	季風
Sturm	m. ～e	風暴
Taifun	m. -e	颱風
Tornado	m. -s	龍捲風
Hurrikan	m. -s/-e	颶風
Sandsturm	m. ～e	沙塵暴
Windhose	f. -n	旋風
wehen	vi.	吹
windig	adj.	有風的
heftig	adj.	猛烈的

風
Wind

regnen	vi.	下雨
Gewitter	n. -	雷雨
Schauer	m. -	陣雨
ein warmer Regen		及時雨
Regenschirm	m. -e	雨傘
nass	adj.	潮濕的
verregnet	adj.	陰雨連綿的
regnerisch	adj.	多雨的

雨
Regen

3_07.mp3

Spatz	*m.* -en	麻雀
Elster	*f.* -n	喜鵲
Taube	*f.* -n	鴿子
Eule	*f.* -n	貓頭鷹
Wildgans	*f.* ˜e	雁
Kranich	*m.* -e	鶴
Storch	*m.* ˜e	鸛類
Adler	*m.* -	雕，山鷹

鳥類 Vögel

動物與寵物 Tiere und Haustiere

Tiger	*m.* -	老虎
Löwe	*m.* -n	獅子
Affe	*m.* -n	猴子
Giraffe	*f.* -n	長頸鹿
Flusspferd	*n.* -e	河馬
Bär	*m.* -en	熊
Elefant	*m.* -en	大象
Wolf	*m.* ˜e	狼
Panda	*m.* -s	熊貓
Leopard	*m.* -en	豹子

野生動物 Wildtiere

Huhn	*n.* ˜er	雞
Ente	*f.* -n	鴨
Gans	*f.* ˜e	鵝
Kuh	*f.* ˜e	牛
Schaf	*n.* -e	綿羊
Ziege	*f.* -n	山羊
Schwein	*n.* -e	豬
Pferd	*n.* -e	馬
Esel	*m.* -	驢

家禽 Hausgeflügel

Hund	*m.* -e	狗
Katze	*f.* -n	貓
Hase	*m.* -n	兔子
Papagei	*m.* -en	鸚鵡
Schlange	*f.* -n	蛇
Zierfisch	*m.* -e	觀賞魚
Schildkröte	*f.* -n	烏龜

寵物
Haustiere

Karausche	*f.* -n	鯽魚
Karpfen	*m.* -	鯉魚
Graskarpfen	*m.* -	草魚
Schill	*m.* e	鱸魚
Goldfisch	*m.* -e	金魚
Wal	*m.* -e	鯨魚
Hai	*m.* -e	鯊魚
Seefisch	*m.* -e	海魚

魚類
Fische

Frosch	*m.* ⁓e	青蛙
Kröte	*f.* -n	蟾蜍
Erdkröte	*f.* -n	大蟾蜍
Krokodil	*n.* -e	鱷魚
Alligator	*m.* -en	短吻鱷
Salamander	*m.* -	蠑螈
Schleichenlurch	*m.* -e	蚓螈
Riesensalamander	*m.* -	娃娃魚

兩棲動物
Amphibien

3_08.mp3

Lilie	*f.* -n	百合
Magnolienblüte	*f.* -n	玉蘭花
Jasmin	*m.* -e	茉莉花
Lotos	*m.* -	荷花
Schneeglöckchen	*n.* -	雪花蓮
Narzisse	*f.* -n	水仙
Kirschblüte	*f.* -n	櫻花
Birnenblüte	*f.* -n	梨花
Apfelblüte	*f.* -n	蘋果花

白色花
Weiße Blumen

植物
Pflanzen

Platane	*f.* -n	梧桐
Pappel	*f.* -n	楊樹
Tanne	*f.* -n	杉樹
Birke	*f.* -n	樺樹
Kiefer	*f.* -n	松樹
Eibe	*f.* -n	紫杉
Weide	*f.* -n	柳樹

其他樹
Andere Bäume

Birnbaum	*m.* ⁓e	梨樹
Apfelbaum	*m.* ⁓e	蘋果樹
Aprikosenbaum	*m.* ⁓e	杏樹
Pfirsichbaum	*m.* ⁓e	桃樹
Kirschbaum	*m.* ⁓e	櫻桃樹
Ölbaum	*m.* ⁓e	橄欖樹
Mandarinenbaum	*m.* ⁓e	橘子樹

果樹
Obstbäume

紅色花 Rote Blumen			
Pfingstrose	*f.* -n	牡丹
Päonie	*f.* -n	芍藥
Primel	*f.* -n	報春花
Krokus	*m.* -/-se	藏紅花
Alpenveilchen	*n.* -	仙客來
Rose	*f.* -n	玫瑰
Pflaumenblüte	*f.* -n	梅花

紫、粉色花 Lila und rosa Blumen			
Stiefmütterchen	*n.* -	三色菫
Hyazinthe	*f.* -n	風信子
Nelke	*f.* -n	康乃馨
Chinarose	*f.* -n	月季
Pfirsichblüte	*f.* -n	桃花
Aprikosenblüte	*f.* -n	杏花

草 Gras			
Mimose	*f.* -n	含羞草
Binse	*f.* -n	燈芯草
Kraut	*n.* ̈er	藥草
Unkraut	*n.* ̈er	野草，雜草
Minze	*f.* -n	薄荷
Vergissmeinnicht	*n.* -(e)	勿忘草
Salbei	*m. unz.*	鼠尾草
Rosmarin	*m. unz.*	迷迭香

3_09.mp3

Gebirge	*n.* -	山脈，群山
Hügel	*m.* -	丘陵，小山
Bühl	*m.* -e	崗，丘
Gipfel	*m.* -	山峰
Kuppe	*f.* -n	圓形山頂
Tal	*n.* ~er	山谷
die Zugspitze		（德國）祖格峰

山
Berg

自然風光
Landschaften

Sandhügel	*m.* -	沙丘
Oase	*f.* -n	綠洲
Kamel	*n.* -e	駱駝
Karawane	*f.* -n	沙漠商隊
Seidenstraße	*f.* -n	絲綢之路
verlassen	*adj.*	無人居住的
endlos	*adj.*	無邊無際的
Fata Morgana		海市蜃樓

沙漠
Wüste

Wiese	*f.* -n	草地，草原，牧場
Weide	*f.* -n	牧場，草地
Wiesengrund	*m.* ~e	低草地
Wiesental	*n.* ~er	長有草地的山谷
Busch	*m.* ~e	矮樹，灌木
Schafherde	*f.* -n	羊群
hüten	*vt.*	放牧

草原
Grasland

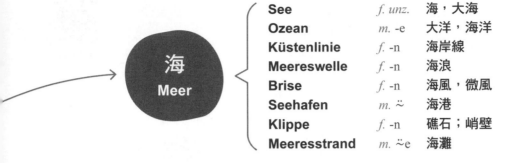

海 Meer			
See	*f. unz.*	海，大海
Ozean	*m.* -e	大洋，海洋
Küstenlinie	*f.* -n	海岸線
Meereswelle	*f.* -n	海浪
Brise	*f.* -n	海風，微風
Seehafen	*m.* ~	海港
Klippe	*f.* -n	礁石；峭壁
Meeresstrand	*m.* ~e	海灘

湖 See			
Teich	*m.* -e	池塘
Binnensee	*m.* -n	內（陸）湖
Bergsee	*m.* -n	高山湖泊
Salzsee	*m.* -n	鹹水湖
Süßwassersee	*m.* -n	淡水湖
Weiher	*m.* -	魚池，池塘
Tümpel	*m.* -	小水塘，小池沼

平原 Ebene			
Flachland	*n. unz.*	平原
Boden	*m.* ~	土地，土壤
platt	*adj.*	平坦的
fruchtbar	*adj.*	肥沃的
weit	*adj.*	廣闊的
Feld	*n.* -er	原野
idyllisch	*adj.*	田園生活的

Unit
10 交通工具

3_10.mp3

Auto	*n.* -s	（小）汽車
Wagen	*m.* -	汽車
Wohnmobil	*n.* -e	露營車
Kraftfahrzeug	*n.* -e	機動車
Lastkraftwagen	*m.* -	載重汽車，卡車
Personenkraftwagen	*m.* -	載客汽車，轎車
Jeep	*m.* -s	吉普車
Bus	*m.* -se	公車

道路交通工具 1
Straßenverkehrsmittel I

交通工具
Verkehrsmitte

Straßenverkehr	*m. unz.*	道路交通
Bahnverkehr	*m. unz.*	軌道交通
Verkehrsregel	*f.* -n	交通規則
Verkehrsunfall	*m.* ~e	交通事故

交通
Verkehr

Kanal	*m.* ~e	海峽，運河
Hafen	*m.* ~	港口
Kai	*m.* -s	碼頭
Fähre	*f.* -n	渡輪，渡船
Wasserstraße	*f.* -n	（可通航的）水道
Passagierschiff	*n.* -e	客輪
Jacht	*f.* -en	遊艇
Luxusjacht	*f.* -en	豪華遊艇
Segeljacht	*f.* -en	帆艇

水路運輸
Wasserverkehr

道路交通工具 2
Straßenverkehrsmittel II

Schulbus	*m.* -se	校車
Touristenbus	*m.* -se	旅遊巴士
Flughafenbus	*m.* -se	機場巴士
Fahrrad	*n.* ˜er	自行車
Motorrad	*n.* ˜er	摩托車
Taxi	*m./n.* -s	計程車
Krankenwagen	*m.* -	救護車
Feuerwehrfahrzeug	*n* -e	消防車

鐵路交通
Bahnverkehr

Bahnhof	*m.* ˜e	火車站
Zug	*m.* ˜e	火車
Schnellzug	*m.* ˜e	快速列車
Eilzug	*m.* ˜e	普快列車
Hochgeschwindigkeitszug		
	m. ˜e	高速列車
Nahverkehrszug	*m.* ˜e	短途列車
U-Bahn	*f.* -en	地鐵
Magnetschwebebahn		
	f. -en	磁懸浮列車
Straßenbahn	*f.* -en	路面電車

航空交通
Luftverkehr

Flughafen	*m.* ˜	機場
Flugzeug	*n.* -e	飛機
Hubschrauber	*m.* -	直升機
starten	*vi.*	起飛
landen	*vi.*	降落
Inlandsflug	*m.* ˜e	國內航班
Interkontinentalflug	*m.* ˜e	國際航班
Billigfluglinie	*f.* -n	廉價航空公司

3_11.mp3

Geldautomat	*m.* -en	自動提款機
Bankkonto	*n.* ...ten /...ti/-s	
		銀行戶頭
Kontoinhaber	*m.* -	帳號持有人
Kontonummer	*f.* -n	帳號
Kreditkarte	*f.* -n	信用卡
EC-Karte	*f.* -n	EC電子支付卡
Scheck	*m.* -s	支票
eröffnen	*vt.*	開戶
anweisen	*vt.*	（給…）匯款，匯兌

銀行
Bank

公共場所
Öffentliche Ort

Polizist	*m.* -en	警察，員警
alarmieren	*vt.*	報警
fahnden	*vi.*	偵緝
Polizeiwagen	*m.* -	警車
Polizeimotorrad	*n.* ~er	警用摩托車
Verbrecher	*m.* -	罪犯

警局
Polizei

Briefkasten	*m.* ~	郵筒，信箱
Express	*m. unz.*	快捷郵件
Paket	*n.* -e	包裹
Brief	*m.* -e	信
Postkarte	*f.* -n	明信片
Briefmarke	*f.* -n	郵票
Postleitzahl	*f.* -en	郵遞區號
Porto	*n.* -s/...ti	郵費，郵資
Stempel	*m.* -	戳記，印記

郵局
Post

Klinik	*f.* -en	診所，（專科）醫院
Apotheke	*f.* -n	藥房
Arzt	*m.* ˜e	醫生，醫師
Krankenpfleger	*m.* -	（男）護士
Krankenschwester	*f.* -n	（女）護士
Patient	*m.* -en	（接受治療的）病人
Anmeldung	*f.* -en	掛號，預約；報名
Sprechstunde	*f.* -n	門診時間
Wartezimmer	*n.* -	等候室，候診室
Rettungswagen	*m.* -	救護車

醫院
Krankenhaus

Unternehmen	*n.* -	企業
Betrieb	*m.* -e	工廠，企業
Aktiengesellschaft	*f.* -en	股份公司
Staatsunternehmen	*n.* -	國有企業
Kollektivunternehmen	*n.* -	集體企業
Privatunternehmen	*n.* -	私有企業
Büro	*n.* -s	辦公室
Abteilung	*f.* -en	部門

公司
Firma

Kindergarten	*m.* ˜	幼稚園
Grundschule	*f.* -n	小學
Hauptschule	*f.* -n	普通中學
Realschule	*f.* -n	實用專科中學
Gymnasium	*n.* ...sien	文理中學
Gesamtschule	*f.* -n	綜合中學
Studienkolleg	*n.* -s	大學先修班
Hochschule	*f.* -n	高等學校
Universität	*f.* -en	大學

學校
Schule

fröhlich	adj.	快樂的，喜悅的
freudig	adj.	可喜的，令人高興的
froh	adj.	高興的，愉快的
Begeisterung	f. unz.	興高采烈，熱情
freuen	vr.	感到高興；vt. 使高興
Freudenträne	f. -n	喜極而泣
begeistert	adj.	熱情的，興奮的
Frohsinn	m. unz.	興致勃勃

開心
Freude

情感與情緒
Gefühl und
Emotion

Furcht	f. unz.	害怕，畏懼
Schreck	m. unz.	驚恐，驚嚇
Unruhe	f. unz.	不安，焦慮
Feigheit	f. unz.	膽怯
nervös	adj.	緊張不安的
unruhig	adj.	不安的

害怕
Angst

mögen	vt.	喜歡；愛好
lieben	vt.	愛；喜歡
gefallen	vi.	中意，喜歡
schätzen	vt.	愛好，賞識
gernhaben	vt.	喜愛，對⋯有好感
evorzugen	vt.	（更）喜愛，寧願；偏愛
Sympathie	f. -n	好感；同情
Zuneigung	f. unz.	愛慕心，好感
Vorliebe	f. -n	偏愛，嗜好

喜歡
Liebe

196

悲傷 Traurigkeit			
traurig	*adj.*	難過的，悲傷的
schmerzhaft	*adj.*	疼痛的，悲痛的
kummervoll	*adj.*	十分憂傷的
Leid	*n. unz.*	悲傷，痛苦
Jammer	*m. unz.*	悲痛，悲切
Elend	*n. unz.*	不幸，痛苦
Schmerz	*m. -en*	疼痛，痛苦
Kummer	*m. unz.*	憂傷，憂慮

憤怒 Wut			
wüten	*vi.*	發怒，大怒
ärgern	*vt.*	激怒；*vr.* 生氣
empören	*vt.*	使發怒；*vr.* 氣憤
Entrüstung	*f. -en*	惱怒，憤怒
Zorn	*m. unz.*	憤怒，氣憤
Wut	*f. unz.*	憤怒，盛怒
Ärger	*m. unz.*	生氣，不快
wütend	*adj.*	盛怒的
zornig	*adj.*	氣憤的

厭惡 Widerlichkeit			
Abneigung	*f. -en*	反感
Abscheu	*m. unz.*	憎惡
Hass	*m. unz.*	厭惡，仇恨
Ekel	*m. unz.*	噁心，厭惡
lästig	*adj.*	令人討厭的
missfallen	*vi.*	使討厭
antipathisch	*adj.*	引起反感的
ekelhaft	*adj.*	令人噁心的

3_13.mp3

Bleistift	*m.* -e	鉛筆
Füller	*m.* -	鋼筆
Kugelschreiber	*m.* -	圓珠筆
Tintenroller	*m.* -	中性筆
Pinsel	*m.* -	毛筆，畫筆
Holzbleistift	*m.* -e	木質鉛筆
Druckbleistift	*m.* -e	自動鉛筆
Kreide	*f.* -n	粉筆

書寫文具
Schreibgerät

辦公用品
Büroartikel

Computer	*m.* -	電腦
Drucker	*m.* -	印表機
Fotokopierer	*m.* -	影印機
Faxgerät	*n.* -e	傳真機
Scanner	*m.* -	掃描器
Projektor	*m.* ...oren	投影機
Aktenvernichter	*m.* -n	碎紙機
Stechuhr	*f.* -en	考勤機
Kaffeemaschine	*f.* -n	咖啡機
Wasserspender	*m.* -	飲水機

公用電器
gemeinsame
Elektrogeräte

Mappe	*f.* -n	資料夾，公事包
Ordner	*m.* -	資料夾；活頁夾
Arbeitsmappe	*f.* -n	工作資料夾
Aktenmappe	*f.* -n	公事包
Ledermappe	*f.* -n	皮革包
Mäppchen	*n.* -	筆袋，小文件

文檔收納
Aufbewahrungsmappen

其他文具
Andere Schreibwaren

Radiergummi	*m.* -s	橡皮擦
Schultasche	*f.* -n	書包
Tinte	*f.* -n	墨水
Korrekturflüssigkeit	*f.* -en	修正液
Lineal	*n.* -e	直尺
Geodreieck	*n.* -e	三角板
Transporteur	*m.* -e	量角器
Zirkel	*m.* -	圓規

工具類
Werkzeuge

Bleistiftspitzer	*m.* -	卷筆刀，削鉛筆器
Schere	*f.* -n	剪刀
Büroklammer	*f.* -n	迴紋針
Stecknadel	*f.* -n	大頭針
Klebefilm	*m.* -e	透明膠帶
Leim	*m.* -e	膠水
doppelseitiges Klebeband		雙面膠
Hefter	*m.* -	釘書機
Locher	*m.* -	打孔機
Zwecke	*f.* -n	圖釘
Gummiband	*n.* ~er	橡皮筋

本冊
Hefte

Notizbuch	*n.* ~er	筆記本
Notizzettel	*m.* -	便條紙，便利貼
Journal	*n.* -e	日記本，流水帳
Geschäftsbuch	*n.* ~er	帳本，帳簿
Papier	*n.* unz.	紙張
Blatt	*n.* ~er	頁，紙張
Kohlepapier	*n.* unz.	複寫紙
Schreibmaschinenpapier	*n.* unz.	列印紙
Briefpapier	*n.* unz.	信箋，信紙

14 居家住宅

3_14.mp3

Fernseher	*m.* -	電視機
Sofa	*n.* -s	長沙發
Sessel	*m.* -	沙發椅
Couchtisch	*m.* -e	茶几
Teppich	*m.* -e	地毯
Stereoanlage	*f.* -n	音響設備
Klimaanlage	*f.* -n	空調
Ventilator	*m.* ...oren	電扇
Heizung	*f.* -en	暖氣設備

客廳
Wohnzimmer

居家住宅
Wohnhaus

Zaun	*m.* ~e	籬笆
Gartenbau	*m. unz.*	園藝
Bonsai	*m.* -s	盆栽
Blumentopf	*m.* ~e	花盆
Blume	*f.* -n	花
Gras	*n.* ~er	草，草地
Baum	*m.* ~e	樹
Hundehütte	*f.* -n	狗屋
Gemüsegarten	*m.* ~	菜園

花園
Garten

Waschbecken	*n.* -	盥洗盆
Badewanne	*f.* -n	浴缸
Dusche	*f.* -n	淋浴裝置
Klosett	*n.* -e/-s	馬桶
Waschmaschine	*f.* -n	洗衣機
Warmwasserbereiter	*m.* -	熱水器

盥洗
Waschraum

廚房 Küche

Geschirr	*n. unz.*	餐具，器皿
Geschirrspüler	*m.* -	洗碗機
Dunstabzugshaube	*f.* -n	抽油煙機
Kühlschrank	*m.* ⁓e	冰箱
Mikrowellenherd	*m.* -e	微波爐
Gasherd	*m.* -e	煤氣灶，燃氣爐
Backofen	*m.* ⁓	烤爐，烤箱
Presse	*f.* -n	榨汁機，壓榨機
Wasserkocher	*m.* -	熱水壺

臥室 Schlafzimmer

Bett	*n.* -en	床
Nachttisch	*m.* -e	床頭櫃
Matratze	*f.* -n	墊子，床墊
Bettwäsche	*f. unz.*	床上用品
Decke	*f.* -n	被子，毯子
Kopfkissen	*n.* -	枕頭
Kleiderschrank	*m.* ⁓e	衣櫃
Stehlampe	*f.* -n	落地燈
Vorhang	*m.* ⁓e	窗簾，帷幔

書房 Arbeitszimmer

Bücherregal	*n.* -e	書架
Schreibtisch	*m.* -e	書桌
Schreibtischlampe	*f.* -n	檯燈
Computertisch	*m.* -e	電腦桌
Drehstuhl	*m.* ⁓e	轉椅
Bettcouch	*f.* -s	沙發床
Buch	*n.* ⁓er	書
Vitrine	*f.* -n	陳列架

3_15.mp3

Hemd	*n.* -en	男襯衫；背心
Bluse	*f.* -n	女襯衫，女上衣
Pullover	*m.* -	套頭衫，毛衣
Jacke	*f.* -n	夾克
Mantel	*m.* ̈	大衣，長外套
Jeansjacke	*f.* -n	牛仔服
Anorak	*m.* -s	滑雪衫
T-Shirt	*n.* -s	T 恤
Sakko	*m./n.* -s	休閒上衣

上衣
Oberkleidung

服裝飾品
Kleidung und
Schmuck

Ring	*m.* -e	戒指
Ohrring	*m.* -e	耳環
Ohrgehänge	*n.* -	耳墜
Kette	*f.* -n	項鍊
Halsring	*m.* -e	項圈
Armband	*n.* ̈er	手鐲
Haarnadel	*f.* -n	髮簪
Brosche	*f.* -n	胸針

首飾
Schmuck

Krawatte	*f.* -n	領帶
Schal	*m.* -s/-e	圍巾
Handschuh	*m.* -e	手套
Tuch	*n.* ̈er	頭巾
Haarband	*n.* ̈er	髮帶
Haarklemme	*f.* -n	髮夾
Schleife	*f.* -n	蝴蝶結
Gürtel	*m.* -	腰帶

配飾
Accessoires

褲裙 Hosen und Röcke			
Beinkleid	*n.* -er	長褲
Jeans	*f.* -	牛仔褲
Shorts	*pl.*	運動短褲
Overall	*m.* -s	工作褲
Bermudas	*pl.*	百慕達短褲
Kleid	*n.* -er	連衣裙
Rock	*m.* ~̈e	半身裙
Minirock	*m.* ~̈e	超短裙
Hosenrock	*m.* ~̈e	褲裙

鞋襪 Schuhe und Strümpfe			
Socke	*f.* -n	襪子
Söckchen	*n.* -	短襪
Nylonstrumpf	*m.* ~̈e	尼龍襪
Stiefel	*m.* -	靴子，雨靴
Lederschuh	*m.* -e	皮鞋
Pantoffel	*m.* -n	拖鞋
Sandale	*f.* -n	涼鞋
Schläppchen	*n.* -	芭蕾軟鞋
Clog	*m.* -s	木屐

帽子 Hüte			
Mütze	*f.* -n	帽子，便帽
Zylinder	*m.* -	大禮帽
Kappe	*f.* -n	便帽
Filzhut	*m.* ~̈e	氈帽
Strickmütze	*f.* -n	毛線帽
Strohhut	*m.* ~̈e	草帽
Florentiner	*m.* -	寬邊女草帽
Sombrero	*m.* -s	寬邊墨西哥草帽
Hutablage	*f.* -n	帽架，置帽處

3_16.mp3

blutrot	*adj.*	血紅的
hochrot	*adj.*	鮮紅的
karminrot	*adj.*	朱紅的
weinrot	*adj.*	酒紅的
pink	*adj.*	粉紅的
rosa	*adj.*	玫紅的
fuchsrot	*adj.*	狐紅色的
feuerrot	*adj.*	火紅的
kirschrot	*adj.*	櫻桃紅的

紅色
Rot

常見的顏色
Häufige
Farben

grasgrün	*adj.*	草綠色的
hellgrün	*adj.*	淡綠色的
dunkelgrün	*adj.*	深綠色的
blassgrün	*adj.*	淺綠色的
lindgrün	*adj.*	鵝黃綠色的
graugrün	*adj.*	灰綠色的
olivgrün	*adj.*	橄欖綠的
moosgrün	*adj.*	苔綠色的

綠色
Grün

hellblau	*adj.*	淡藍色的
dunkelblau	*adj.*	深藍色的
blassblau	*adj.*	淺藍色的
azurblau	*adj.*	天藍色的
eisblau	*adj.*	湖藍色的
blaugrau	*adj.*	藍灰色的
blaugrün	*adj.*	藍綠色的
blaurot	*adj.*	青紫色的

藍色
Blau

黑色 **Schwarz**	schwärzlich	*adj.*	灰黑色的
	schwarzweiß	*adj.*	黑白色的
	tiefschwarz	*adj.*	深黑色的
	kohlschwarz	*adj.*	烏黑的
	pechschwarz	*adj.*	漆黑的
	samtschwarz	*adj.*	炭黑的
	schwarzbraun	*adj.*	棕黑的
	blauschwarz	*adj.*	藍黑色的

白色 **Weiß**	beige	*adj.*	米色的
	blass	*adj.*	蒼白的
	weißlich	*adj.*	淡白色的
	schneeweiß	*adj.*	雪白的
	silbern	*adj.*	銀色的
	weißgelb	*adj.*	黃白色
	schlohweiß	*adj.*	潔白的

黃色 **Gelb**	gelblich	*adj.*	淡黃的
	zitronengelb	*adj.*	檸檬黃
	goldgelb	*adj.*	金黃的
	golden	*adj.*	金色的
	maisgelb	*adj.*	玉米黃的
	dottergelb	*adj.*	蛋黃色的
	honiggelb	*adj.*	蜜黃色的
	orange	*adj.*	橘色的
	cremefarbig	*adj.*	奶黃色的

Unit
17 體育與運動

3_17.mp3

Schwimmen	*n. unz.*	游泳
Tauchen	*n. unz.*	潛水
Wellenreiten	*n. unz.*	衝浪運動
Wasserski	*m. unz.*	滑水運動
Kanurennsport	*m. unz.*	輕艇運動
Rudern	*n. unz.*	划船運動
Segeln	*n. unz.*	帆船運動
Motorbootrennen	*n. unz.*	摩托艇運動
Drachenboot	*n. -e*	龍舟

水上運動
Wassersport

體育與運動
Sport

Hürdenlauf	*m. ~e*	跨欄
Marathon	*m. -s*	馬拉松
Staffellauf	*m. ~e*	接力賽跑
Weitsprung	*m. unz.*	跳遠
Hochsprung	*m. unz.*	跳高
Diskuswerfen	*n. unz.*	擲鐵餅

田徑運動
Leichtathletik

Sporthalle	*f. -n*	體育館
Mannschaft	*f. -en*	球隊
Netz	*n. -e*	球網
Schläger	*m. -*	球拍
Einzel	*n. -*	單打
Doppel	*n. -*	雙打
Aufschlag	*m. ~e*	發球
Weltrangliste	*f. -n*	世界排名
Tour	*f. -en*	巡迴賽

排球與網球
Volleyball und
Tennis

冰雪運動			
Skilauf	m. unz.	滑雪
Schlittschuhlauf	m. unz.	滑冰
Eisschnelllauf	m. unz.	競速滑冰
Shorttrack	m. unz.	短道競速
Eiskunstlauf	m. unz.	花式滑冰
Eishockey	n. unz.	冰球運動
Freestyle-Skiing	n. unz.	自由式滑雪
Rennrodeln	n. unz.	雪橇運動
Skispringen	n. unz.	跳臺滑雪
Curling	n. unz.	冰壺運動

冰雪運動
Eissport und Schneesport

健身			
Fitnessclub	m. -s	健身俱樂部
Fitnessgerät	n. -e	健身器材
Hantel	f. -n	啞鈴
Reck	n. -e	單槓
Trainingsrad	n. ~er	健身車
Laufband	n. ~er	跑步機
Rudermaschine	f. -n	划船機
Yoga	m./n. unz.	瑜伽

健身
Fitness

足球與籃球			
Schiedsrichter	m. -	裁判員
Anfangsformation	f. -en	先發陣容
Heimspiel	n. -e	主場比賽
Profi	m. -s	職業運動員
Regelverstoß	m. ~e	犯規
Bundesliga	f. ...gen	德甲聯賽
Klub	m. -s	俱樂部
Elfmeter	m. -	十二碼罰球
Dunking	n. -s	扣籃

足球與籃球
Fußball und Basketball

3_18.mp3

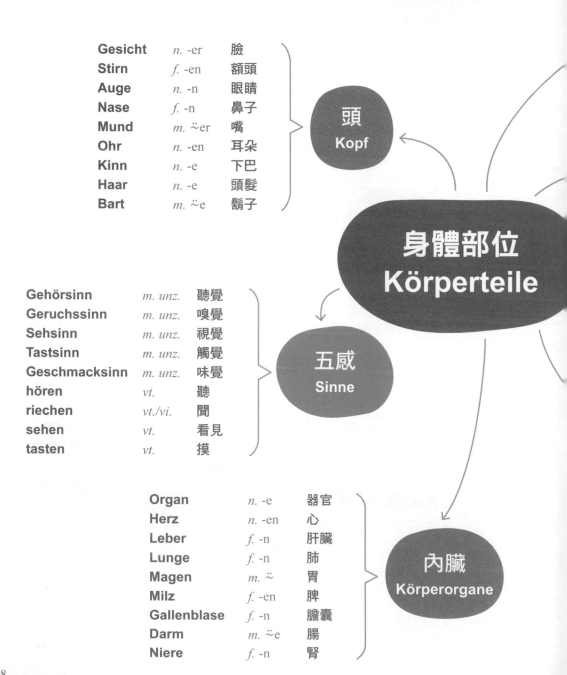

Gesicht	*n.* -er	臉
Stirn	*f.* -en	額頭
Auge	*n.* -n	眼睛
Nase	*f.* -n	鼻子
Mund	*m.* ˜er	嘴
Ohr	*n.* -en	耳朵
Kinn	*n.* -e	下巴
Haar	*n.* -e	頭髮
Bart	*m.* ˜e	鬍子

頭
Kopf

身體部位
Körperteile

Gehörsinn	*m. unz.*	聽覺
Geruchssinn	*m. unz.*	嗅覺
Sehsinn	*m. unz.*	視覺
Tastsinn	*m. unz.*	觸覺
Geschmacksinn	*m. unz.*	味覺
hören	*vt.*	聽
riechen	*vt./vi.*	聞
sehen	*vt.*	看見
tasten	*vt.*	摸

五感
Sinne

Organ	*n.* -e	器官
Herz	*n.* -en	心
Leber	*f.* -n	肝臟
Lunge	*f.* -n	肺
Magen	*m.* ˜	胃
Milz	*f.* -en	脾
Gallenblase	*f.* -n	膽囊
Darm	*m.* ˜e	腸
Niere	*f.* -n	腎

內臟
Körperorgane

頸 Hals		
Halswirbel	*m.* -	頸椎
Nacken	*m.* -	脖頸
Genick	*n.* -e	後頸
Adamsapfel	*m.* ̃	喉結
Tonsille	*f.* -n	扁桃體
Kehle	*f.* -n	咽
Kehlkopf	*m.* ̃e	喉頭
Luftröhre	*f.* -n	氣管

軀幹 Korper		
Schulter	*f.* -n	肩膀
Wirbel	*m.* -	椎骨
Rücken	*m.* -	背
Bauchhöhle	*f.* -n	腹腔
Bauch	*m.* ̃e	肚子
Unterleib	*m. unz.*	小腹
Hintern	*m.* -	屁股
Taille	*f.* -n	腰

四肢 Gliedmaßen		
Arm	*m.* -e	手臂
Bein	*n.* -e	腿
Hand	*f.* ̃e	手
Fuß	*m.* ̃e	腳
Knie	*n.* -	膝蓋
Knöchel	*m.* -	腳踝
Ellbogen	*m.* -	手肘

3_19.mp3

gebären	*vt.*	生，分娩
Geburt	*f.* -en	出世
Kind	*n.* -er	小孩，兒童
Wiege	*f.* -n	搖籃
Milchflasche	*f.* -n	奶瓶
Schnuller	*m.* -	橡皮奶嘴
Kinderwagen	*m.* -	嬰兒車

嬰兒
Baby

人生階段
Lebensphasen

sterben	*vi.*	去世，死亡
vergehen	*vi.*	[雅]逝世
tot	*adj.*	死去的
versterben	*vi.*	死去，去世
Beileid	*n. unz.*	哀悼，悼念
Beileidsbesuch	*m.* -e	弔唁
Beileidsbrief	*m.* -e	弔唁信
Trauerfeier	*f.* -n	喪禮，追悼會

死亡
Tod

alt	*adj.*	年老的
Ruhestand	*m. unz.*	退休
Rentner	*m.* -	退休者
Ruheständler	*m.* -	退休人員
Pension	*f.* -en	養老金，退休金
Rente	*f.* -n	退休金，養老金
Pflegeheim	*n.* -e	護理之家
Altenheim	*n.* -e	養老院

老年
Alte

青少年
Jugendliche

Teenager	*m.* -	青少年（13～19歲）
Teenie	*m.* -s	十多歲的青少年
Knabe	*m.* -n	男孩（15歲以下）
Mädchen	*n.* -	女孩，姑娘
Junge	*m.* -n	男孩；小夥子
Backfisch	*m.* -e	快成年的女孩
Kid	*n.* -s	小青年，小孩
jung	*adj.*	年輕的

成人
Erwachsene

Mann	*m.* ̈er	男人
Frau	*f.* -en	女人
Herr	*m.* -en	先生
Dame	*f.* -n	女士
Liebe	*f. unz.*	愛情
Ehe	*f.* -n	婚姻
Familie	*f.* -n	家庭

中年
mittleres Lebensalter

reif	*adj.*	成熟的
gesetzt	*adj.*	老練的，穩重的
vernünftig	*adj.*	理性的
Karriere	*f.* -n	升遷發跡
Druck	*m. unz.*	壓力
Verantwortung	*f. unz.*	責任心
Kindererziehung	*f. unz.*	孩子教育

Unit
20 常見的疾病

3_20.mp3

Grippe	*f. unz.*	流行性感冒
Grippemittel	*n. -*	感冒藥
Grippeimpfung	*f. -en*	流感疫苗
Virus	*n./m. ...ren*	病毒
erkälten	*vr.*	著涼，感冒
niesen	*vi.*	打噴嚏
Nasenverstopfung	*f. unz.*	鼻塞
Fieber	*n. unz.*	發燒
Fieberthermometer	*n. -*	體溫計

感冒
Erkältung

常見的疾病
Häufige Krankheiten

entzünden	*vr.*	發炎，紅腫
Inflammation	*f. -en*	發炎
Lungenentzündung	*f. -en*	肺炎
Angina	*f. ...nen*	咽峽炎
Myokarditis	*f. ...itiden*	心肌炎
akut	*adj.*	急性的
chronisch	*adj.*	慢性的
eiterig	*adj.*	化膿性的

炎症
Entzündung

allergisch	*adj.*	對……過敏的
Allergiker	*m. -*	有過敏反應的人
Allergen	*n. -e*	過敏原
Überempfindlichkeit	*f. unz.*	過敏性
Ekzem	*m. -e*	濕疹

過敏
Allergie

外傷 **Trauma**		
Wunde	*f.* -n	傷口
Verwundung	*f.* -en	傷口，受傷
bluten	*vi.*	出血，流血
eitern	*vi.*	化膿
brennen	*vi.*	灼痛
vernarben	*vi.*	結疤；癒合
desinfizieren	*vt.*	消毒
verbinden	*vt.*	包紮
nähen	*vt.*	縫合

精神疾病 **Geisteskrankheiten**		
Störung	*f.* -en	干擾，紊亂
Behinderung	*f.* -en	障礙（症）
Depression	*f.* -en	抑鬱
Angststörung	*f.* -en	焦慮症
Zwangserkrankung	*f.* -en	強迫症
Phobie	*f.* -n	恐怖症
Stress	*m. unz.*	精神壓力
seelisch	*adj.*	心靈上的，內心的
psychisch	*adj.*	心理的，精神的

疼痛 **Schmerzen**		
Zahnschmerzen	*pl.*	牙痛
Rückenschmerzen	*pl.*	背痛
Bauchweh	*n. unz.*	肚子痛
Kopfweh	*n. unz.*	頭痛
weh	*adj.*	疼痛的
schmerzhaft	*adj.*	疼痛的
bohrend	*adj.*	鑽心似的
brennend	*adj.*	火辣辣的

Unit
21 家人與親屬

3_21.mp3

Vater	*m.* ~	父親
Mutter	*f.* ~	母親
Papa	*m.* -s	爸爸
Mama	*f.* -s	媽媽
Stiefeltern	*pl.*	繼父母
Pflegeeltern	*pl.*	養父母
Elternteil	*m.* -e	父母中的一方
Vaterliebe	*f. unz.*	父愛
Mutterschaft	*f. unz.*	母性

父母
Eltern

家人與親屬
Familienangehörigen

Onkel	*m.* -	伯父，叔父，舅父，姨丈
Tante	*f.* -n	姨媽，嬸嬸，姑姑，舅母
Neffe	*m.* -n	姪子，外甥
Nichte	*f.* -n	姪女，外甥女
Cousin	*m.* -s	表（堂）兄弟
Cousine	*f.* -n	表（堂）姐妹

其他親戚
Andere Verwandten

Geschwister	*pl.*	兄弟姐妹
Bruder	*m.* ~	兄弟
Schwester	*f.* -n	姐妹
brüderlich	*adj.*	親如兄弟的
schwesterlich	*adj.*	姐妹般的

其他家庭成員
Andere Familienmitglieder

子女 Kinder			
Sohn	m. ~e	兒子
Tochter	f. ~	女兒
Stammhalter	m. -	長子;繼承人
Sohnemann	m. unz.	幼小的兒子
Töchterchen	n. -	小女兒
einziges Kind		獨生子女
Stiefkinder	pl.	繼子女
Adoptivkinder	pl.	養子女

祖孫 Großeltern und Enkelkinder			
Großvater	m. ~	祖父
Großmutter	f. ~	祖母
Opa	m. -s	爺爺,外公
Oma	f. -s	奶奶,外婆
Enkel	m. -	孫子,外孫
Enkelin	f. -nen	孫女,外孫女
Vorfahr	m. -en	祖輩,祖先
Nachkomme	m. -n	子孫,後代

姻親 Schwägerschaft			
Ehe	f. -n	婚姻
Ehepaar	n. -e	夫妻
Ehefrau	f. -en	妻子
Ehemann	m. ~er	丈夫
verschwägern	vr.	結成姻親
Schwiegervater	m. ~	岳父,公公
Schwiegermutter	f. ~	岳母,婆婆
Schwiegersohn	m. ~e	女婿
Schwiegertochter	f. ~	媳婦

3_22.mp3

Kinogänger	*m.* -	電影院常客
Film	*m.* -e	電影，電影藝術
Breitwandfilm	*m.* -e	寬銀幕電影
Farbfilm	*m.* -e	彩色電影
Schwarzweißfilm	*m.* -e	黑白電影
laufen	*vi.*	放映
Regisseur	*m.* -e	導演
Schauspieler	*m.* -	演員
Zuschauer	*m.* -	觀眾

電影院
Kino

休閒生活
Freizeit

Kinderparadies	*n.* -e	兒童樂園
Erlebnispark	*m.* -s	冒險樂園
Disneyland	*n.* -s	迪士尼樂園
Themenpark	*m.* -s	主題樂園
Achterbahn	*f.* -en	雲霄飛車
Riesenrad	*n.* ~er	摩天輪
Karussell	*n.* -s/-e	旋轉木馬
Schiffschaukel	*f.* -n	海盜船
Autoskooter	*m.* -	碰碰車
Zirkus	*m. unz.*	馬戲表演

遊樂園
Freizeitpark

Tiergarten	*m.* ~	（小型）動物園
Zooticket	*n.* -s	動物園門票
Schalter	*m.* -	售票窗口
Schlange	*f.* -n	隊伍
Primaten	*pl.*	靈長類動物
Reptil	*n.* ...lien	爬行動物

動物園
Zoo

商場 Kaufhaus			
Supermarkt	*m.* ~e	超市
Einkaufzentrum	*n.* ...ren	購物中心
Laden	*m.* ~	商店
Schaufenster	*n.* -	陳列櫥窗，展示櫥窗
Luxusartikel	*m.* -	奢侈品
Schminke	*f.* -n	化妝品
Einkaufskorb	*m.* ~e	購物籃
Einkaufswagen	*m.* -	購物車
Kasse	*f.* -n	收銀台

劇院 Theater			
Schauspielhaus	*n.* ~er	劇場，劇院
Konzert	*n.* -e	音樂會，演奏會
Theaterstück	*n.* -e	戲劇，舞臺劇
Oper	*f.* -n	歌劇
Schauspiel	*n.* -e	話劇，戲劇
Komödie	*f.* -n	喜劇，滑稽劇
Tragödie	*f.* -n	悲劇
Tragikomödie	*f.* -n	悲喜劇

博物館 Museum			
Öffnungszeit	*f. unz.*	開放時間
Museumführer	*m.* -	博物館講解員
Audioguide	*m.* -s	語音導覽
Museumstück	*n.* -e	博物館展品
Sammlung	*f.* -en	收藏品
Kunstwerk	*n.* -e	藝術品
Skulptur	*f. unz.*	雕刻，雕塑
Gemälde	*n.* -	繪畫（大多指油畫）
Kulturdenkmal	*n.* -e/ ~er	文物

23 校園生活

3_23.mp3

Lehrer	*m.* -	老師，教師
Betreuer	*m.* -	導師
Hilfskraft	*f.* ~̈e	助教，助手
Dozent	*m.* -en	講師
Professor	*m.* ...oren	教授
Doktorvater	*m.* ~̈	博士論文指導教授
Dekan	*m.* -e	系主任
Rektor	*m.* -en	校長
Tutor	*m.* -en	家教

教職人員
Lehrerschaft

校園生活
Schulleben

Bibliothek	*f.* -en	圖書館
Lehrgebäude	*n.* -	教學大樓
Hörsaal	*m.* ...säle	（大學裡地面呈階梯狀的）演講廳
Sportplatz	*m.* ~̈e	運動場，操場
Mensa	*f.* -s/...sen	餐廳，學生食堂
Lesecafé	*n.* -s	閱讀咖啡館

校園設施
Schuleinrichtung

Verband	*m.* ~̈e	聯合會，協會
Veranstaltung	*f.* -en	活動，集會
organisieren	*vt./vr.*	組織
Freizeit	*f. unz.*	閒置時間，業餘時間
Vorsitzende	*m./f.* -n	主席
Mitglied	*n.* -er	成員，會員

社團
Verein

學生 Studentenschaft			
Studierende	m./f. -n	大學在校生
Student	m. -en	（男）大學生
Studentin	f. -nen	（女）大學生
Studienkollege	m. -n	大學同學
Studienfreund	m. -e	大學朋友
Austauschstudent	m. -en	交換留學生
Auslandsstudent	m. -en	外國大學生
Studentenausweis	m. -e	學生證

專業院系 Studienfach			
Studiengang	m. ~e	學科，專業
Gesellschaftswissenschaft	f. -en	社會科學
Kunst	f. unz.	藝術學
Naturwissenschaft	f. -en	自然科學
Gesundheitswissenschaft	f. -en	醫療衛生科學
Kulturwissenschaft	f. -en	文化學
Rechtswissenschaft	f. -en	法學，法律學
Informatik	f. unz.	電腦科學
Wirtschaftswissenschaft	f. -en	經濟學

科目 Schulfach			
Biologie	f. unz.	生物
Chemie	f. unz.	化學
Erdkunde	f. unz.	地理，地理學
Geschichte	f. unz.	歷史
Musik	f. unz.	音樂
Mathematik	f. unz.	數學
Physik	f. unz.	物理
Deutsch	n. unz.	德語
Englisch	n. unz.	英語

3_24.mp3

Klettern	*n. unz.*	攀登，登山
Kletterausrüstung	*f.* -en	登山裝備
Bergsteiger	*m.* -	登山愛好者
besteigen	*vt.*	登上，攀上
bezwingen	*vt.*	征服
Wanderstock	*m.* ~e	登山杖
Wanderschuh	*m.* -e	登山鞋

爬山
Aufstieg

旅遊與觀光
Touristenreise

Gepäck	*n. unz.*	行李，包裹
Ausweis	*m.* -e	證件
Handy	*n.* -s	手機
Ladekabel	*n.* -	充電線
Regenschirm	*m.* -e	雨傘
Toilettenartikel	*m.* -	梳洗用品
Sonnenmilch	*f. unz.*	防曬霜
Unterwäsche	*f. unz.*	內衣，貼身衣物

隨身行李
Siebensachen

Visum	*n.* ...sen/...sa	簽證
Pass	*m.* ~e	護照
Zollamt	*n.* ~er	海關
Zollkontrolle	*f.* -n	海關檢查
Zollabfertigung	*f.* -en	報關
einreisen	*vi.*	入境

出國旅行
Ausreise

遠足 Wanderung

Trekkingtour	*f.* -en	徒步旅行
Rucksacktour	*f.* -en	背包旅行
Ausflug	*m.* ~̈e	郊遊
Ausflügler	*m.* -	遠足者
Picknick	*n.* -e/-s	野餐
Barbecue	*n.* -s	燒烤；野炊，戶外燒烤
Zeltlager	*n.* -	宿營地，露營地
Schlafsack	*m.* ~̈e	睡袋
Zelt	*n.* -e	帳篷

沙灘 Sandstrand

Badestrand	*m.* ~̈e	海水浴場
Welle	*f.* -n	波浪，波濤
surfen	*vi.*	衝浪
tauchen	*vi.*	潛水
Sonnenbad	*n.* ~̈er	日光浴
Sonnenbrille	*f.* -n	太陽眼鏡
Palme	*f.* -n	棕櫚樹
Hängematte	*f.* -n	吊床
Muschel	*f.* -n	貝殼
Krebs	*m.* -e	螃蟹

景點 Sehenswürdigkeiten

Schloss	*n.* ~̈er	宮殿
Lustschloss	*n.* ~̈er	避暑行宮
Burg	*f.* -en	城堡
Kirche	*f.* -n	教堂
Dom	*m.* -e	大教堂，主教教堂
Turm	*m.* ~̈e	塔樓，鐘塔
Aquarium	*n.* ...ien	水族館

3_25.mp3

Deutschland		德國
Schweiz	*f.*	瑞士
Österreich		奧地利
Luxemburg		盧森堡
Liechtenstein		列支敦士登
Frankreich		法國
England		英國
Russland		俄羅斯
Italien		義大利

歐洲
Europa

國家
Land

Australien		澳洲
Neuseeland		紐西蘭
Kiribati		吉里巴斯
Nauru		諾魯
Salomonen	*pl.*	索羅門群島
Fidschi		斐濟
Papua-Neuguinea		巴布亞紐幾內亞
Tonga		東加

大洋洲
Ozeanien

Ägypten	埃及
Südafrika	南非
Kenia	肯亞
Äthiopien	衣索比亞
Algerien	阿爾及利亞
Marokko	摩洛哥
Libyen	利比亞
Kongo	剛果

非洲
Afrika

北美洲
Nordamerika

USA	*pl.*	美國
Kanada		加拿大
Mexiko		墨西哥
Kuba		古巴
Haiti		海地
Jamaika		牙買加

南美洲
Südamerika

Brasilien	巴西
Argentinien	阿根廷
Uruguay	烏拉圭
Paraguay	巴拉圭
Chile	智利
Kolumbien	哥倫比亞
Bolivien	玻利維亞
Peru	祕魯
Ecuador	厄瓜多

亞洲
Asien

China		中國
Japan		日本
Südkorea		韓國
Nordkorea		朝鮮
Singapur		新加坡
Iran	*m.*	伊朗
Irak	*m.*	伊拉克
Saudi-Arabien		沙烏地阿拉伯
Philippinen	*pl.*	菲律賓

4

會話課
最常用的生活短句與會話

Unit
01 寒暄與介紹

4_01.mp3

最常用的場景單句

1. Guten Tag! 您好！

> * 此種表達較為正式，年輕人之間常用Tag!/Hallo!/Hi!

2. Guten Morgen! 早安！

（類）Guten Abend! 晚安！

（類）Gute Nacht! （就寢前的）晚安

3. Darf ich mich vorstellen?
請允許我自我介紹。

4. Es freut mich, Sie kennenzulernen.
認識您很高興。

（同）Schön, Sie kennenzulernen. 認識您很高興。

> * jmdn. freuen 讓…開心、高興
>
> jmdn.: jemanden 人稱第四格
>
> jmdm.: jemandem 人稱第三格

5. Wie heißen Sie? 您叫什麼名字？

（同）Was ist Ihr Name? 您叫什麼名字？

6. Ich heiße Thomas Müller. 我叫湯瑪斯‧穆勒。

（同）Mein Name ist Thomas Müller. 我的名字是湯瑪斯‧穆勒。

Ich bin Thomas Müller. 我是湯瑪斯‧穆勒。

7. **Wie geht es dir?** 你過得怎麼樣？

(答) Mir geht es gut. Und dir? 我過得不錯，你呢？

　　* es geht jmdm. irgendwie (*adj.*) 某人（第三格）過得怎麼樣

8. **Woher kommen Sie?** 您來自哪裡？

(答) Ich komme aus China/aus Deutschland/aus der Schweiz, und Sie?

　　我來自中國／德國／瑞士，您呢？

　　* 德語中，國家名詞前一般不加冠詞，不帶詞性，但也有部分特例，
　　　如：die Schweiz 瑞士、der Iran 伊朗、die Türkei 土耳其、die USA 美國
　　　（複數）等。

9. **Wir duzen uns hier alle.**
　　我們這裡彼此都以「你」相稱。

(類) Wollen wir Du sagen? 我們用「你」稱呼吧？

　　Du kannst ruhig Du sagen. 你儘管稱呼「你」吧。

10. **Ciao!/Tschüss!/Auf Wiedersehen!/Bis bald!**
　　再見！

(類) Bis Morgen! 明天見！

　　Bis Nachmittag! 下午見！

▶ **Dialog 1   Begrüßung**

Anna: Guten Tag, ich bin Anna, aus Deutschland. Wie heißen Sie?

Thomas: Freut mich, Sie kennenzulernen. Mein Name ist Thomas.

Anna: Freut mich auch. Woher kommen Sie?

Thomas: Ich komme aus Frankreich. Wie geht es Ihnen?

Anna: Danke. Mir geht es gut, und Ihnen?

Thomas: Danke schön, auch gut. Auf Wiedersehen.

▶ **對話 1   打招呼**

安娜：您好，我是安娜，來自德國。您怎麼稱呼？

湯瑪斯：很高興認識您。我叫湯瑪斯。

安娜：我也很高興。您是哪國人呢？

湯瑪斯：我來自法國。您最近好嗎？

安娜：謝謝，我過得不錯，您呢？

湯瑪斯：謝謝，我也挺好。再見。

> sich über A freuen：
> 為某事感到高興
> sich auf A freuen：
> 期待某事①

文法說明

動詞同時支配第三格和第四格受詞時：同為名詞，第三格在前；同為代名詞，第四格在前；一個名詞一個代名詞時，代名詞在前。

例：Darf ich Ihnen meine Schwester vorstellen?
　　請允許我向您介紹我的妹妹。

　　Darf ich ihn Ihnen vorstellen? 請允許我向您介紹他。

延伸： vor/stellen 介紹　　　　　sich vor/stellen 自我介紹

　　jmdm.（D）jmdn./etw.（A）vor/stellen

　　向某人（第三格）介紹某人／某物（第四格）

---

① 方框內容為重點詞彙或用法延伸。

Das ist... : 這位是…（介紹他人時使用）

▶ **Dialog 2　Vorstellung**

Wang Li: Guten Tag, Herr Li. Darf ich Ihnen vorstellen, das ist Thomas Müller, unser Manager.

Li Bin: Guten Tag, Herr Müller! Freut mich, Sie kennenzulernen. Ich bin Li Bin.

sich an A erinnern : 回憶起，想起

Thomas Müller: Freut mich auch. Wir haben uns mal gesehen, können Sie sich daran erinnern?

Li Bin: Genau, im letzten Jahr, wie geht es Ihnen?

Thomas Müller: Danke, ganz gut. Willkommen im Team!

Li Bin: Auf gute Zusammenarbeit!

Willkommen in D : 歡迎來到… Herzlich willkommen! 熱烈歡迎！

▶ **對話 2　介紹**

王麗：李先生，您好！請允許我向您介紹。這是湯瑪斯·穆勒，我們公司經理。

李斌：您好，穆勒先生，很高興認識您，我是李斌。

湯瑪斯·穆勒：我也很高興認識您。我們以前見過，您還記得嗎？

李斌：是的，去年的時候。您最近過得如何？

湯瑪斯·穆勒：謝謝，還不錯，歡迎加入團隊。

李斌：希望合作愉快。

文化連結

德語中，也常用「您（Sie）」的尊稱，常見於陌生人、上下級、師生之間，以及公共場合。親人、同學、朋友之間則常用「你（du）」來稱呼彼此。

Unit
02 日常對話

Step 1 最常用的場景單句

1. Was ist sie von Beruf? 她做什麼工作？

(答) Sie ist Lehrerin. 她是老師。

　　* 表職業的名詞前不加冠詞。

2. Wie alt ist deine Schwester? 你妹妹多大了？

(答) Sie ist 20 Jahre alt. 她 20 歲。

3. Wo wohnt Thomas jetzt? 湯瑪斯現在住哪裡？

(答) Er wohnt in einer WG(Wohngemeinschaft). 他住在合租公寓。

4. Was machst du jetzt? 你現在在做什麼？

(類) Was möchtest du jetzt machen? 你現在想做什麼？

5. Wohin soll ich das Bild hängen?
　　我應該把這幅畫掛哪裡？

(同) Wohin mit dem Bild? 這幅畫應該掛哪裡？

6. Ich stelle den Staubsauger in den Keller.
　　我把吸塵器放在地下室。

7. Was gibt es denn heute im Fernsehen?
　　今天電視裡有什麼（節目）？

(同) Was läuft im Fernsehen? 電視在播什麼？

8. Ich möchte die Sportschau sehen/gucken.
　　我想看體育新聞。

(類) Ich möchte mir die Nachrichten anschauen/angucken. 我想看新聞。

9. Im Ersten kommt der Trickfilm.
　　一台在播動畫片。

(同) Im Ersten läuft der Trickfilm. 一台在播動畫片。

(類) Das ZDF zeigt/bringt/sendet/überträgt den Trickfilm.

　　二台在播動畫片。

　　* Das Erste (ARD/Das Erste Deutsche Fernsehen) 德國電視一台

　　　Das ZDF (Zweites Deutsches Fernschen) 德國電視二台

10. Bitte nicht umschalten! 請別換台！

(類) Schalte bitte den Fernseher an! 請打開電視！

　　Schalte bitte den Fernseher ab! 請關掉電視！

11. Machen Sie doch bitte die Musik leiser!
　　請您把音樂聲調小點！

(反) Machen Sie bitte die Musik lauter! 請您把音樂聲調大！

12. Der Roman ist langweilig.
　　這部小説太無聊了。

(類) Das Buch ist interessant. 這本書很有趣。

　　Die Fernsehserie ist sehr anziehend. 這電視劇太吸引人了。

　　Die Musik ist zu laut. 音樂聲太吵了。

> zweimal：兩次。基數詞 + mal 表達次數，如 einmal 一次，dreimal 三次等。

▶ **Dialog 1　Umzug**

Anna: Ich bin schon zweimal umgezogen. Ich habe immer viele Dinge mitgenommen.

Li Ming: Dein neues Zimmer finde ich sehr schön.

Anna: Danke. Nur noch eine Frage: Wohin mit dem Sofa? Soll ich es vielleicht ans Fenster stellen?

Li Ming: Ja, das ist keine schlechte Idee.

Anna: Okay, fertig! Aber ich konnte meine kaffeemaschine nicht finden. Hast du sie gesehen?

Li Ming: Ja, dort, sie steht auf dem Regal.

> finden：找到，固定搭配為 etwas (A)irgendwie (*adj.*) finden 覺得⋯怎麼樣。

▶ **對話 1　搬家**

安娜：我搬了兩次家，每次都要帶走很多東西。

李明：我覺得你的新房間很漂亮。

安娜：謝謝！只剩一個問題：這個沙發該放哪？把它放在窗戶邊？

李明：可以，這主意不錯。

安娜：好的，這樣可以了。不過，我找不到咖啡機了。你看到了嗎？

李明：有，那邊，在架子上。

文法說明

· ans Fenster stellen 放到窗邊，stellen 放置（動態，後加第四格）auf dem Tisch stehen 在桌子上，stehen 位於（靜態，後加第三格）

· um...zu... 為了⋯⋯（表示目的）
帶 zu 不定式的其他常用形式：
statt...zu...：而非⋯⋯。例：Statt zu arbeiten, macht er Spaziergang. 他去散步，而不是去工作。
ohne...zu...：沒有⋯⋯。例：Ohne ein Wort zu sagen, verlässt sie das Zimmer. 她沒有說一句話就離開了房間。

德語中沒有書名號，列印體中書籍、電影、雜誌名統一斜體，手寫時加引號。

▶ **Dialog 2　beim Fernsehen**

Thomas:　Heute kommt der Film *das Leben der Anderen* im Fernsehen.

Hans:　Aber ich habe mir den Film schon angeschaut. Und sonst kommt etwas Interessantes?

Thomas:　Warte mal. Ach, ZDF bringt cinen Thriller, bestimmt spannend!

Hans:　Naja. Gibt es im Fernsehen jetzt Nachrichten? Man muss sich informieren, um mitreden zu können.

Thomas:　Bei uns an der Uni reden alle aber von den Filmen.

sich über etwas（A）informieren：打聽／瞭解某事

Hans:　Ach so, okay, heute ist Samstag. Schauen wir einen Film mit Bier!

▶ **對話 2　看電視**

湯瑪斯：今天電視會播《別人的生活》這部電影。

漢斯：但是我已經看過了。還有什麼有趣的電影嗎？

湯瑪斯：等等。對了，二台有恐怖片，肯定很刺激！

漢斯：現在電視上有新聞節目嗎？要得知最新的消息才能和別人有話聊。

湯瑪斯：可是在大學，大家都在聊電影。

漢斯：這樣啊，好吧，今天是週六，我們就喝著啤酒一邊看電影吧！

文化連結

德國電視台包括三個公立電視臺和數十個私立電視臺。其中，最著名的電視台是一台 ARD 和二台 ZDF。電視用戶每個月需繳納固定的公共廣播電視費（GEZ-Gebühren），收看私人廣播電視公司節目則需額外付費。

Unit
03 生活起居

4_03.mp3

Step 1 最常用的場景單句

1. Hast du gut geschlafen, Schatz?
寶貝，你睡得怎麼樣？

> * Schatz 寶貝，Schätzchen 小寶貝（親暱稱呼）

2. Steh auf! Es ist schon acht Uhr!
起床了！已經 8 點了！

(類) Das frühe Aufstehen fällt ihm schwer. 早起對他來說很困難。

3. Zum Frühstück möchte ich Milch und Ei essen.
早餐我想喝牛奶，吃雞蛋。

(類) Ich esse meistens Brot, Joghurt und Obst als mein Frühstück.
大多時候我早餐都吃麵包、優酪乳和水果。

> * Frühstück (ein)nehmen 吃早餐

4. Ich möchte zum Mittagessen gehen.
我想去吃午餐。

(同) Ich esse zu Mittag. 我吃午餐。

5. Kannst du bitte den Tisch decken?
你可以幫忙擺桌子嗎？

(類) Bitte zu Tisch, das Essen ist fertig! 吃飯了，飯菜都準備好了！

6. Hast du dir die Zähne geputzt? 你刷牙了嗎？

(類) Hast du gekämmt? 你梳頭了嗎？

Hast du dich gewaschen? 你洗臉（或洗澡）了嗎？

7. Ich gehe duschen. 我去洗澡。

(類) Ich dusche in meiner Badewanne. 我在浴缸泡澡。

Sie hat sich warm geduscht. 她沖了個熱水澡。

Wann nimmst du eine Dusche? 你什麼時候要去洗澡？

8. Ich gehe auf die Toilette. 我去上廁所。

(類) Sie ist bei der (morgendlichen) Toilette. 她（早晨時）梳妝打扮。

Gibt es in der Toilette noch Klopapier oder muss es nachgefüllt werden?
廁所裡還有衛生紙嗎，需要再買嗎？

9. Ich muss los. 我要走了。

(類) Wir gehen um 10 Uhr los. 我們 10 點出發。

Nun kann es losgehen! 現在可以開始了！

10. Einen schönen Tag!
祝您有個美好的一天！

(類) Einen schönen Abend! 祝您有個美好的夜晚！

Ein schönes Wochenende! 週末愉快！

von D träumen：夢到，夢想著

▶ **Dialog 1　am Morgen**

Mama:　　Morgen, Schätzchen, hast du gut geschlafen?

Hänschen: Nein, ich habe von der Prüfung geträumt und jetzt bin ich
　　　　　　sehr nervös.

Mama:　　Nimm es leicht. Hast du schon die Hände gewaschen?

Hänschen: Ach, ich habe vergessen!

Mama:　　Du sollst vor dem Essen Hände
　　　　　　waschen. Beeile dich.
　　　　　　Das Frühstück ist fertig.

sich (bei/mit D) beeilen：
趕緊，趕快

beim Frühstück：早餐時

Hänschen: Komme gleich, in 5 Minuten.

▶ **對話 1　早上**

　媽媽：早安，寶貝，你睡得好嗎？

小漢斯：不好，我夢到考試了，現在好緊張啊。

　媽媽：放輕鬆。你洗手了嗎？

小漢斯：天啊，我忘記了！

　媽媽：飯前要洗手，快去，早餐已經準備好了。

小漢斯：馬上回來，5 分鐘。

文法說明

· waschen 除了作及物動詞，與第四格搭配外，還可以作為反身動詞，與反
身代名詞連用，如：sich waschen 洗臉／洗澡。通常情況下，反身動詞
未搭配第四格受詞，則反身代名詞為第四格，如：sich erkälten 感冒；反
身動詞搭配第四格受詞時，反身代名詞為第三格，如：sich(D) etwas(A)
anschauen 觀看。

· Es sieht nach Regen aus. 看起來像要下雨。表達看起來／吃起來／聞起來
像…時，常用介系詞 nach，如 nach Rauch riechen（聞起來有煙味）。

> **für jmdn./etwas Sorge tragen：關心某人／某事**

▶ **Dialog 2　am Samstag**

Frau Müller:　Schon 10 Uhr! Ich habe verschlafen!

Herr Müller:　Keine Sorge, heute ist doch Samstag. Ich bin auch gerade erst aufgewacht.

Frau Müller:　Endlich haben wir mal ausgeschlafen. Ich muss mich schnell waschen und mich ein bisschen schminken.

Herr Müller:　Wieso? Hast du etwas vor?

Frau Müller:　Ja, heute morgen gehe ich zu Anna und wir haben uns verabredet.

Herr Müller:　Okay. Es sieht nach Regen aus, nimm den Regenschirm mit!

▶ **對話 2　在週六**

穆勒女士：已經 10 點了！我睡過頭了！

穆勒先生：別擔心，今天是週六。我也是剛睡醒。

穆勒女士：我們終於睡飽了。我得趕緊梳洗，稍微化點妝。

穆勒先生：為什麼？你有什麼計畫嗎？

穆勒女士：對啊，上午我要去安娜那裡，我們約好的。

穆勒先生：哦，看起來像要下雨了，你把雨傘帶著。

文化連結

德語中，人們稱喝湯為「吃（essen）湯」。此外，在德國，有人打噴嚏，其他人就會誠摯地說一句「Gesundheit！（祝你健康！）」。就類似英文裡的「Bless you!」一樣。

4_04.mp3

1. Thomas Müller. 我是湯瑪斯‧穆勒。

(同) Thomas Müller ist am Apparat. 我是湯瑪斯‧穆勒。

(類) Am Apparat! 我就是。

Wer ist am Apparat? 請問您是誰？

2. Ich hätte gern Herrn Wang sprechen.
我想和王先生通話。

(類) Ist das Herr Wang? 請問是王先生嗎？

Kann ich bitte Herrn Wang sprechen? 可以讓王先生接電話嗎？

3. Einen Augenblick, bitte. Ich hole ihn.
請稍等，我叫他。

(同) Moment bitte. Ich rufe ihn. 請稍等，我叫他。

(類) Einen Moment bitte. Ich stelle durch. 請稍等，我替您接過去。

4. Tut mir leid. Ich habe mich falsch verwählt.
不好意思，我打錯電話了。

(類) Tut mir leid, aber Sie sind falsch verbunden. 抱歉，但是您打錯電話了吧。

Sie haben bestimmt die falsche Nummer. 您的號碼錯了吧。

5. Er ist leider noch nicht da. Soll ich etwas ausrichten?
抱歉，他不在，需要我轉告什麼嗎？

* jmdm. etwas ausrichten 轉告某人某事

6. Die Verbindung ist schlecht. 信號不好。

(類) Ich kann nicht klar hören. 我聽得不是很清楚。

Können Sie mich hören? 您能聽見我說話嗎？

7. Das Handy funktioniert nicht so gut.
手機的狀況不太好。

* funktionieren （機械等）正常工作，起作用

* Die Uhr/Das Internet funktioniert. 這錶能用。／網路正常。

8. Die Verbindung ist unterbrochen. 電話斷了。

9. Wer war da eben am Telefon? 剛剛是誰的電話？

(類) Den ganzen Nachmittag ist das Telefon schon besetzt.

一整個下午電話都占線。

10. Wir sprechen später. 我們一會兒再聊。

(類) Ruf mich wieder an. 打電話給我啊。

11. Das Gespräch mit Ihnen hat mich sehr gefreut.
和您聊天我很開心。

(類) Danke für Ihren Anruf. 感謝您的來電。

▶ **Dialog 1　beim Telefon**

Anna:	Guten Tag, hier ist Anna.
Thomas:	Guten Tag, Anna, Thomas spricht.
	Kann ich Herrn Wang sprechen?

> jmdm. leid tun：
> 使某人感到抱歉

Anna:	Tut mir leid, er ist im Moment nicht am Platz. Er ist in einer Besprechung. Wenn Sie wollen, können Sie ihm gerne eine Nachricht hinterlassen.
Thomas:	Richten Sie bitte ihm aus, dass Thomas angerufen hat.
Anna:	Okay, ich sage es ihm, wenn er zurück ist.
Thomas:	Danke sehr. Auf Wiederhören.

▶ **對話 1　打電話**

安娜：您好，我是安娜。

湯瑪斯：您好，安娜，我是湯瑪斯。可以請王先生接電話嗎？

安娜：很抱歉，他目前不在，他在開會。方便的話，您可以給他留個訊息。

湯瑪斯：請您轉告他，我打過電話給他。

安娜：好的，他回來我就告訴他。

湯瑪斯：多謝，再見。

文法說明

Kann ich Herrn* Wang sprechen? 可以請王先生接電話嗎？

der Herr，-en 先生，弱變化陽性名詞，變格時詞尾加 n，注意與 Herr 的複數形式 Herren 相區別。

例：Herrn Wangs Buch steht auf dem Tisch. 王先生的書在桌上。

　　Meine Damen und Herren! 各位女士、先生們！

> verstehen + A：理解，如 sich mit jmdm. verstehen 與某人相處得好，互相瞭解。

▶ **Dialog 2**　schlechte Verbindung

Thomas:　Hallo, Li Ming, hier ist Thomas.

Li Ming:　Wer ist das? Ich kann dich kaum verstehen.

Thomas:　Hallo? Kannst du mich hören?

> auf jmdn. hören：聽某人的話

Li Ming:　Jetzt ist es besser. Die Verbindung war gerade nicht so gut.

Thomas:　Ach so. Wenn du heute Abend Zeit hättest, ruf bitte bei mir zu Hause an! Es geht nämlich um wichtige Dinge.

Li Ming:　Alles klar.

> es geht um + A：關於…

▶ **對話 2**　訊號不佳

湯瑪斯：你好，李明，我是湯瑪斯。

　李明：誰？我聽不清楚你說的話。

湯瑪斯：喂？你能聽見我說話嗎？

　李明：現在好些了。剛剛訊號不是很好。

湯瑪斯：這樣啊。你晚上有時間的話，打電話到我家。有重要的事商量。

　李明：好的，知道了。

文化連結

在德國，接聽電話通常用全名來表明自己的身份，熟人之間則直接用名字稱呼彼此。除非事先溝通過，否則晚上 10 點後最好不要打電話給別人。同時，也要儘量避免非辦公時間打電話向同事商討工作，德國人對工作時間與私人時間的劃分有明顯界線。

Unit 05 商場購物

4_05.mp3

Step 1 最常用的場景單句

1. **Was wünschen Sie bitte?** 您想買什麼？

(同) Bitte, Sie wünschen? 您想要什麼？

Kann ich Ihnen helfen? 我能幫您什麼忙呢？

Was möchten Sie, bitte? 您想要什麼呢？

Bitte schön? 要幫忙嗎？

Was kann ich für Sie tun? 我可以為您做什麼嗎？

(類) Was sonst? 還需要什麼嗎？

2. **Haben Sie Pullover?** 您這裡有毛衣嗎？

(同) Wo bekomme ich Kopfhörer? 哪裡有耳機呢？

Wo gibt es hier Parfüm? 哪裡有香水呢？

Wo kann ich denn die Reinigungsmilch finden? 哪裡可以找到洗面乳呢？

3. **Zeigen Sie es mir bitte.** 請讓我看一下這件。

(類) Ich möchte ein Kleineres. 我想要一件小一點的。

Haben Sie etwas Größeres? 您這裡還有大一點的嗎？

Können Sie mir etwas anderes zeigen? 能讓我看看其他的嗎？

4. **Ich mag dieses Modell nicht.** 我不喜歡這種款式。

* 情態動詞 mögen 作行為動詞時有「喜歡」的意思。

5. **Ich will es anprobieren.** 我想試試。

(類) Darf ich das Kleid anprobieren? 我可以試穿這條裙子嗎？

* an/probieren 試穿

6. Was kostet das? 多少錢？

類 Wie viel kostet dieser Lippenstift? 這支口紅多少錢？

7. Kann es nicht billiger sein? 不能便宜一點嗎？

類 Gibt es eine Ermäßigung für Studenten? 學生有折扣優惠嗎？

    * die Ermäßigung 折扣

      eine Ermäßigung bekommen 享受折扣

      der Rabatt,-e 折扣，價格優惠

      jmdm. einen Rabatt geben 給某人打折

8. Das Kleid ist schön und günstig. Ich nehme es.
這條裙子漂亮又實惠，我買了。

類 Können Sie es mir als Geschenk einpacken? 能麻煩您幫我包裝一下嗎？

   Wo befindet sich die Kasse? 收銀台在哪呢？

9. Wie wäre es? 這件怎麼樣？

類 Wie findest du das Kleid? 你覺得這條裙子怎麼樣？

10. Möchten Sie mit Kreditkarte oder bar zahlen?
您刷卡還是付現呢？

答 Ich zahle bar. 我用現金支付。

   Mit Kreditkarte, Danke. 刷卡，謝謝。

▶ **Dialog 1   beim Einkaufen**

> jmdm. bei etwas(D) helfen：
> 幫助某人某事

Bedienung: Kann ich Ihnen helfen?

Mutter: Ja, gern. Meine Tochter braucht eine Hose.

Bedienung: Welche Größe hat sie denn?

> die Größe + Gen./von D：
> …的大小

Mutter: Sie hat die Größe 170.

Schau mal, diese Hose sieht sehr schön aus.

Bedienung: Das finde ich auch. Sie steht ihr ausgezeichnet. Der Stoff ist auch sehr gut.

Tochter: Sie gefällt mir auch, ich will diese Hose anprobieren.

▶ **對話 1   挑選衣服**

服務員：請問有什麼需要協助的呢？

　母親：好的，謝謝您。我女兒需要一條褲子。

服務員：她穿多大的尺寸呢？

　母親：她穿 170 號的。瞧，這條褲子看起來不錯。

服務員：我也這麼覺得。這條褲子和她很搭。這材料也不錯。

　女兒：我也喜歡這條褲子，試穿看看。

文法說明

· stehen 相襯，相配

etwas steht jmdm. 與某人相配，相襯。（指衣物的款式、類型）

(類) passen 適合

etwas passt jmdm. 某物適合某人。（指衣物的大小）

· der günstigste Preis 最優惠的價格

der günstige Preis 優惠的價格 der günstigere Preis 更優惠的價格

形容詞的最高級除了作為限定詞修飾名詞，還可以直接作名詞用，如：das Günstigste。

例：das Wichtigste 最重要的　das Interessanteste 最有趣的

▶ **Dialog 2　beim Handeln**

Li Ming:　　Ich mag diesen Pullover sehr. Aber es ist zu teuer. Kann ich ihn billiger bekommen?

Bedienung:　Eigentlich kostet er 150 Euro.

　　　　　　　Aber jetzt ist der Pullover 120 Euro für Sie.

Li Ming:　　Naja. Ist dieser Rock auch Sonderangebot?

Bedienung:　Nein, der hat keinen Rabatt. Wie finden Sie diesen Mantel? Nur 80 Euro. Das ist schon der günstigste Preis.

Li Ming:　　80 Euro sind immer noch zu viel. 70 Euro sind in Ordnung.

Bedienung:　Okay. Bezahlen Sie bitte dort an der Kasse.

> im Sonderangebot sein：
> 正特價出售

> etwas. in Ordnung bringen：
> 把…整理好

▶ **對話 2　討價還價**

　李明：我很喜歡這件毛衣，但是太貴了，可以便宜一點嗎？

服務員：這件原價 150 歐元，現在 120 歐元給您了。

　李明：好吧。這條裙子也有特價嗎？

服務員：沒有，這條沒有優惠。您覺得這件大衣怎麼樣呢？只要 80 歐元。這已經是最優惠的價格了。

　李明：80 歐元還是太貴了。70 歐元還差不多。

服務員：好的，請到那邊收銀台結帳。

文化連結

和台灣一樣，在德國的超市和商場一般不能討價還價，但在一些小店鋪或者跳蚤市場可以講價錢。結帳後，銷售員一般都會很有禮貌地對顧客表達祝福，如「Schönen Tag!（祝您擁有美好的一天！）」顧客出於禮貌也應回覆「Schönen Tag!（祝您擁有美好的一天！）」或「Gleichfalls！（您也一樣！）」。

Unit
06 餐館用餐

4_06.mp3

 最常用的場景單句

---

1. Ist dieser Tisch hier frei? 這張桌子空著的嗎？

(答) Ja, der Tisch ist frei. 是的，這張桌子空著的。

Nein, hier ist reserviert. 不，這裡已經有人預訂了。

(類) Können Sie für uns einen Tisch finden? Wir sind zu viert.
能幫我們找一張四人座的桌子嗎？

---

2. Was darf ich Ihnen bringen? 您要點什麼菜？

(同) Was möchten Sie bestellen? 您要點些什麼？

(類) Was möchten Sie trinken? 您想喝什麼？

---

3. Könnten Sie uns etwas empfehlen?
您能給我們推薦一些菜嗎？

(類) Empfehlen Sie uns bitte Ihre Spezialitäten. 請推薦我們您這裡的特色菜。

---

4. Ich möchte zweimal Beefsteaks. 我要兩份牛排。

　＊一份、兩份等「份數」的表達用基數詞 +mal，口語中表示「一份」時
　　常用不定冠詞（ein）代替，ich möchte einen Kaffee/einen Salat/eine
　　Apfelschorle... 我想點一杯咖啡／一份沙拉／一瓶蘋果汽水

---

5. Guten Appetit! 祝您有好的胃口！

　＊在德國，用餐前的常用語。

6. Prost! / Zum Wohl! 乾杯！

* 表達「為⋯乾杯」時，常用介系詞 auf，如：Auf uns! 為我們乾杯！

7. Wie schmeckt es dir? 你覺得味道怎麼樣？

* etwas schmeckt jmdm. irgendwie (*adj.*) 某人覺得味道怎麼樣

8. Fisch(A) esse ich gar nicht gern. 我不喜歡吃魚。

(類) Fisch finde ich gut. 我覺得魚不錯。

Am liebsten esse ich Fisch. 我最喜歡吃魚。

9. Ich möchte zahlen, bitte. 我要買單。

(同) Die Rechnung, bitte. 買單，謝謝。

Bringen Sie uns bitte die Rechnung. 請您把帳單拿過來。

10. Das macht zusammen 40 Euro, zusammen oder getrennt? 總共 40 歐元，一起付還是分開付？

(答) Zusammen, danke. 一起付，謝謝。

Getrennt, danke. 分開付，謝謝。

11. Danke, das stimmt so. 謝謝，不用找了。

* 給小費時的常用語。

▶ **Dialog 1 Bestellung**

Hans: Guten Tag, ist der Platz hier frei?

Bedienung: Ja, bitte. Hier ist die Speisekarte. Was darf es für Sie sein?

Hans: Ich hätte gern eine Kartoffelsuppe.

Bedienung: Möchten Sie eine Hauptspeise?

Hans: Die Frikadellen mit Pommes Frites und zum Trinken möchte ich eine Limonade.

Bedienung: Okay.

> Hauptspeise *f.* -n 主菜
> Vorspeise *f.* -n 前菜
> Nachspeise *f.* -n 飯後甜點

▶ **對話 1 點菜**

漢斯：您好，請問這座位是空著的嗎？

服務員：是的，請坐。這是菜單，您想要點什麼呢？

漢斯：我想要一碗馬鈴薯濃湯。

服務員：您想點份主食嗎？

漢斯：一份油煎肉餅和薯條，飲料的部分我要一杯檸檬汁。

服務員：好的。

文法說明

· Ich hätte gern（我想要…）為固定搭配。mögen 的第二假設法 möchten 表示客氣，常用於點菜與購物。日常生活中用「möchten + 名詞」或「möchten + 動詞」的句型禮貌地表達需求和願望。

　例：Ich möchte zwei Bananen. 我想要兩根香蕉。

　　　Ich möchte zur Mensa gehen. 我想去餐廳（吃飯）。

· 46,30 € 讀作：sechsundvierzig Euro dreißig (Cent)

　元與分之間，數字上用逗號隔開，拼讀時需加上 Euro（歐元）和 Cent（歐分），Cent 可省略，如：28,90 € 讀作：achtundzwanzig Euro neunzig，20,08 € 讀作：achtundzwanzig Euro acht。

▶ **Dialog 2　Bezahlung**

> an D（einer Blume）riechen：聞（花）香

Hans:　　　Ach, es riecht so gut. Wie schmeckt es dir?

Thomas:　　Es schmeckt gut! Fisch ist mein Lieblingsessen.

Hans:　　　Sehr gut. Greif bitte tüchtig zu. Prost!

(nach einer Weile)

> mit Euro/ Kreditkarte zahlen：
> 用歐元／信用卡支付

Thomas:　　Wir möchten zahlen, bitte.

Bedienung: Das macht zusammen 46,30€, zusammen oder getrennt?

Thomas:　　Zusammen. Danke, das stimmt so.

▶ 對話 2　結帳

　漢斯：哇，聞起來真香。你覺得味道怎麼樣？

湯瑪斯：很好吃！我最愛吃魚。

　漢斯：太好了。請多吃點。乾杯！

（過了一會兒）

湯瑪斯：請結帳。

服務員：一共 46 歐元 30 分，分開付還是一起付呢？

湯瑪斯：一起付。謝謝，不用找了。

文化連結

在德國，小費是客人表達自己對服務的滿意與謝意而自願支付的費用。小費一般為消費金額的 10% 左右，或是依「整數」原則，也就是不找零。如果在快餐店消費，透過電話、網路訂餐或顧客自己取餐，通常無需額外支付小費。

Step 1 最常用的場景單句

1. Man kann da sicher schöne und entspannende Spaziergänge machen und sich gut erholen.
人們可以在那裡愉快悠閒地散步，好好放鬆一下。

(類) Die Landschaft dort lockt mich immer an. 那裡的景色總是很吸引我。

2. Ich kann mich nicht entscheiden, wohin ich fahre.
我還沒決定去哪。

3. Der Frühling ist da. 春天到了。

(類) Es ist Sommer. 現在是夏天。

Der Herbst beginnt. 秋天到了。

Bald kommt der Winter. 冬天要來了。

4. Du sollst dich warm anziehen. 你應該穿暖和些。

　　* sich an/ziehen 穿衣服，sich eine Jacke an/ziehen 穿上外套

　　* aus/ziehen 脫下，um/ziehen 換衣服

　　　jmdm. etwas an/ziehen 給某人穿衣服

　　　einem Kind ein Hemd an/ziehen 給小孩穿襯衫

5. Was meinst du? 你是怎麼想的？

(類) Wie findest du? 你覺得如何？

6. Ich möchte dich zum Abendessen einladen.
我想邀請你吃晚餐。

(類) Ich lade dich zu meiner Geburtstagsparty ein. 我邀請你參加我的生日宴會。

　* jmdn. zu D einladen/jmdn. einladen, etwas zu tun. 邀請某人做某事

7. Sind Sie viel gereist? 您經常旅遊嗎？

8. Wie waren die Ferien? 假期過得怎麼樣？

(同) Wie war's in den Ferien? 假期過得怎麼樣？

9. Es regnet. 下雨了。

(類) Es schneit. 下雪了。
Es blitzt. 有閃電。
Es donnert. 打雷了。

10. Es ist sonnig. 陽光燦爛。

(同) Die Sonne scheint. 豔陽高照。

(類) Es ist sonnig/warm/heiß. 晴天／暖和／太熱了。
Es ist windig/kalt. 有風／有點冷。
Es ist neblig/nass/bewölkt. 有霧／很潮濕／陰天。

11. An deiner Stelle würde ich diesmal nach Heidelberg fahren.
我是你的話，我這次就去海德堡。

　* an deiner Stelle 在你的位置上／我是你的話。表假設，後多用第二假設
　　法（第二虛擬式）。

Es ist jmdm. irgendwie(*adj.*)：
對於某人來說怎麼樣，人稱常用
第三格。

▶ **Dialog 1　Über das Wetter**

Thomas:　Was für ein Wetter heute! Herrlich!

Anna:　Oh nein, so eine Hitze! Mir ist das zu heiß.

Thomas:　Findest du? Ich mag es, wenn es so richtig warm ist.

Anna:　Was sagt denn die Wettervorhersage?

Thomas:　Für heute Nacht sind Regenschauer angesagt.

Anna:　Regen? Heute? Bei dem blauen Himmel? Komisch! Aber
etwas Regen wäre nicht schlecht.

am Himmel：在天空中
sich wie im siebten Himmel fühlen：高興極了

▶ **對話 1　談論天氣**

湯瑪斯：今天天氣真好！太棒了！

安娜：天啊，好熱啊！對我來說太熱了。

湯瑪斯：你這麼想的嗎？我喜歡這樣的天氣，很暖和。

安娜：天氣預報怎麼說的？

湯瑪斯：預報今天晚上有陣雨。

安娜：下雨？今天嗎？天這麼藍？太奇怪了！不過下點雨也挺好的。

文法說明

· Für heute Nacht sind Regenschauer angesagt. 天氣預報今天晚上有陣雨。
此句為被動語態：sein + P.II，強調動作已完成，動作的過程不再重要。

例：Das E-Mail wird geschickt. 郵件寄出去了。

　　Das E-Mail ist geschickt. 郵件已經發送了。

· wie war's im Urlaub? 當詢問對方假期過得如何時，因為是已經發生的事
情，所以常用表過去的時態，即過去式與現在完成式。例句中聯繫動詞
sein 常用過去式「war」，其他一般動詞如 verbringen（度過）等則多用現
在完成式。

▶ **Dialog 2 Über den Urlaub**

> Urlaub machen：休假
> im Urlaub sein：正在休假

Thomas: Hallo, Anna, wie war´s im Urlaub?

Anna: Ich habe eine schöne Woche in München verbracht. Die Stadt hat viele bedeutende Sehenswürdigkeiten. Die Frauenkirche gefällt mir sehr gut.

Thomas: Klar, München ist das süddeutsche Kulturzentrum.

Anna: Stimmt. Zum Glück war das Wetter in der Woche sehr schön. Ich machte oft Spaziergang im Park, wenn die Sonne geschienen hat.

Thomas: Toll! Ich habe im Winter eine Dienstreise nach München gemacht. Es hat mir einen guten Eindruck gegeben.

Anna: Bei mir auch!

> jmdm. einen guten Eindruck geben：給某人留下好印象

▶ **對話 2 談論假期**

湯瑪斯：你好，安娜，你的假期過得怎麼樣？

安娜：我在慕尼黑度過了美好的一個星期。這座城市有許多著名的名勝古跡。我很喜歡聖母大教堂。

湯瑪斯：確實，慕尼黑是德國南部的文化中心。

安娜：是的。幸運的是那週的天氣很好，太陽出來的時候，我經常在公園散步。

湯瑪斯：真不錯！我有一次冬天去慕尼黑出差，那裡給我留下了美好印象。

安娜：我也是！

文化連結

在德國，遇到陌生人，或是認識不久的人，不知道該談論什麼話題時，聊聊天氣總不會錯。與不熟悉的同事聊天，儘量不要涉及個人隱私，可以選擇天氣、足球等話題，熟悉以後朋友互相之間則可以暢所欲言。

Unit 08 休閒娛樂

4_08.mp3

Step 1 最常用的場景單句

1. Was machst du in der Freizeit?
你閒暇時都在做什麼？

(類) Was machst du nach der Arbeit? 你下班後都做什麼？

Was machst du nach dem Unterricht? 你下課後都做什麼？

2. Morgens habe ich immer Sport. 早上我經常做運動。

3. Ich gehe oft schwimmen. 我經常去游泳。

(類) Abends gehe ich hier oft spazieren. 晚上我常常在這裡散步。

Ich gehe immer einkaufen. 我經常去購物。

* schwimmen gehen 去游泳，固定搭配。

（「gehen + 動詞不定式」表示「去做…（某事）」）

4. Mit wem spielt Thomas oft Volleyball?
湯瑪斯經常和誰一起打排球？

(類) Mit wem ist Anna gerne in der Freizeit zusammen?

安娜空閒時間喜歡和誰在一起？

* mit wem（與誰，和誰），疑問人稱代名詞在介系詞 mit 後為第三格。

5. Anna ist gerne mit ihrer Familie zusammen.
安娜喜歡和她的家人在一起。

(類) Thomas macht sehr viel mit seinen Freunden.

湯瑪斯經常和他的朋友們在一起。

6. Hast du am Montag Zeit? 你週一有時間嗎？

(類) Um/Ab wie viel Uhr hast du Zeit? 你幾點（開始）會有時間呢？

Bis wie viel Uhr hast du Zeit? 你到幾點才會有時間？

7. Du sitzt immer am Computer. Treib doch mal Sport!
你老是坐在電腦前。運動一下吧！

(類) Er surft gern im Internet. 他喜歡上網。

8. Ich spiele gern Klavier. 我喜歡彈鋼琴。

(類) Ich spiele oft Fußball. 我經常踢足球。

Ich chatte gern. 我喜歡聊天。

Ich lese nur am Wochenende. 我只在週末看書。

＊一般來說，運動或樂器名詞前不加冠詞。

9. Das ist mir zu langweilig.
這對我來說太無聊了。

(類) Das ist mir anstrengend. 這對我來說太累了。

10. Das macht mir viel Spaß. 這給我帶來很多樂趣。

(類) Das macht mir keinen Spaß. 我覺得很無趣。

＊ jmdm. Spaß machen 帶來樂趣

▶ **Dialog 1　Anmeldung zum Sportkurs**

Thomas:　　Ich hätte gern Informationen über Ihren Verein.

Mitarbeiter:　Gerne, was möchten Sie denn wissen?

Thomas:　　Gibt es auch Angebote am Vormittag?

Mitarbeiter:　Nein, leider nicht. Unsere Kurse sind immer nachmittags und abends.

Thomas:　　Bieten Sie auch Tischtenniskurs für Kinder an?

Mitarbeiter:　Ja, wir haben einen Kurs für Kinder ab 5. Er ist immer mittwochs von 15 bis 17 Uhr.

> im Verein (mit D)：與…一起
>
> wissen etwas + zu + 動詞不定式：知道要做某事，會做某事
>
> jmdm./für jmdn. etwas anbieten：提供某物給某人

▶ **對話 1　運動社團報名**

湯瑪斯：我想瞭解一下關於您社團的活動。

工作人員：好的，您想瞭解些什麼呢？

湯瑪斯：上午有提供活動嗎？

工作人員：沒有，不好意思，我們的活動一般都在下午和晚上。

湯瑪斯：那有針對小孩子的乒乓球課嗎？

工作人員：有的。我們有一個團隊針對 5 歲以上的孩子，每週三下午 3 點到 5 點。

文法說明

· Gibt es auch Angebote am Vormittag?（有上午的活動課程嗎？）

常用 es gibt + 第四格，表示「存在，有」，類似的還有 sein（強調狀態）與 haben（強調擁有）。

例：Hier sind ein paar Bücher. 這裡有幾本書。

　　Ich habe ein paar Bücher. 我有幾本書。

· Ich glaube...（我認為…）表達想法時也常用：Ich meine/ Ich finde/ Ich bin der Meinung, dass...（我認為…）

▶ **Dialog 2　am Wochenende**

> in der Sonne：在太陽下（介系詞用 in），
> 如 in der Sonne liegen 曬太陽。

Anna:　Schau mal, hier. Der Park ist so schön. Da gibt es ganz viele Vögel.

Hans:　Und was machen wir dort? Ich glaube, das ist ziemlich langweilig.

Anna:　Nein! Ich möchte in der Sonne sitzen und lesen. Ich habe gehört, dass der Ausflug hier sehr schön ist.

Hans:　Naja, von mir aus. Ich möchte in die Stadt fahren. Willst du nicht Konzert hören?

> von mir aus：就我的觀點，我認為，
> 我自己覺得

Anna:　In der Stadt sind für mich zu viele Leute. Du gehst doch oft zu Konzerten.

Hans:　Na, so machen wir: Bis Mittag bleiben wir im Park und genießen die Natur. Kaufen wir jetzt Konzerttickets und gehen dann einfach am Nachmittag mal hin! Ist das okay?

> einfach 作形容詞時，意為「簡單的」，作副
> 詞時用來加強語氣，意為「乾脆，直接」。

▶ **對話 2　在週末**

安娜：看這裡，這公園多美啊，還有很多鳥。

漢斯：那我們來這裡做什麼呢？我覺得很無聊。

安娜：不會啊！我想邊曬太陽邊看書。我聽説，在這裡郊遊也很不錯。

漢斯：嗯，就我的想法來説，我是想到城市鬧區去，你不想聽音樂會嗎？

安娜：我覺得城市裡人太多了。你老是去聽音樂會耶。

漢斯：那我們這樣吧，我們在公園待到中午，享受大自然。音樂會的票我們現在買，然後下午直接去！可以嗎？

文化連結

德語有一句諺語： 三個德國人， 必有一個社團。（Drei Deutsche：Ein Verein.）意思是說，德國人特別喜歡社團活動。目前，以整個德國的範圍來說，已註冊之社團將近 60 萬個。在德國，至少一半以上的人加入 1~2 個社團。其中，體育社團最受歡迎。

Unit
09 旅遊外出

4_09.mp3

1. Wo ist hier die Bank? 銀行在哪裡呢？

(同) Wie komme ich von hier zur Post? 我怎麼從這裡去郵局呢？

2. Gibt es hier in der Nähe ein Krankenhaus?
這附近有醫院嗎？

(答) Das ist noch sehr weit. Sie fahren lieber mit dem Bus.

那還很遠呢。您最好搭公車。

　* mit (D) fahren 搭乘某種交通工具

3. Welchen Bus soll ich nehmen? 我該坐哪一路的車？

(類) Welche Nummer hat der Bus? 這是幾號公車？

Wo kann ich ein Taxi bekommen? 我在哪裡可以叫計程車？

4. Bei welcher Station muss ich aussteigen?
我該在哪一站下車？

(類) Ich muss umsteigen. 我得換車。

Ich muss einsteigen. 我得上車了。

5. Wo kann ich die Karte kaufen? 我要在哪裡買票卡？

6. Ich stehe im Stau. 塞車了。

7. Kann ich hier parken?
我可以把車停在這兒嗎？

(類) Ich kann die Autobahnausfahrt nicht finden.
我找不到高速公路的出口了。

8. Ich möchte nach Berlin fahren. 我要去柏林。

9. Ich nehme den Zug. 我搭火車。

(類) Ich nehme das Taxi. 我搭計程車。

10. Wie lange dauert die Fahrt von Beijing nach Tianjin?
從北京開車到天津需要多久時間？

(答) Eine halbe Stunde. 半個小時。

11. Das Gepäck wird vom Zoll abgefertigt.
行李申報手續要在海關辦理。

(類) Wie viel Gepäck darf ich mitnehmen? 我可以帶多少行李？

12. Die Busfahrkarte ist so teuer wie das U-Bahn-Ticket.
公車票與地鐵票一樣貴。

* 連接詞 wie（如同，正如）用於同級比較，als（比…）用於比較級中。

13. Der Bus ist nicht so schnell wie die U-Bahn.
公車沒有地鐵快。

(類) Die U-Bahn ist schneller als der Bus. 地鐵比公車快。

在火車站介系詞用 am，
在機場則用 im。

▶ **Dialog 1　am Bahnhof**

Thomas:　　　Entschuldigung, wo kann ich die Karte kaufen?

Angestellter:　Am Schalter 5. Dort.

ans Meer fahren：坐車去海邊
mit dem Auto fahren：開車

Thomas:　　　Danke. Wann fährt ein Zug
　　　　　　　 morgen nach Berlin?

Angestellter:　Morgen fahren zwei Züge nach Berlin. Morgens um 10
　　　　　　　 Uhr und nachts um 20 Uhr.

Thomas:　　　Gut, ich nehme den Zug um 10 Uhr. Um wie viel Uhr
　　　　　　　 kommt der Zug morgens in Berlin an?

Angestellter:　Um halb zwölf.

▶ **對話 1　　在火車站**

湯瑪斯：不好意思，請問在哪裡買票卡呢？

　職員：五號窗口，在那。

湯瑪斯：謝謝。明天往柏林的火車是幾點出發呢？

　職員：明天有兩班火車往柏林市，上午 10 點和晚上 8 點。

湯瑪斯：好的，我坐 10 點那班。上午幾點到達柏林呢？

　職員：11 點半。

文法說明

‧ 詢問時間時可以這麼說：Wie viel Uhr ist es? = Wie spät ist es? 幾點了？

‧ um wie viel Uhr 表示「在…（幾點）時」。

　對具體時間點提問，需加介系詞 um。

‧ um halb zwölf 表示「在 11 點半」。

　半點的時刻表達可以用「halb + 下個整點」，如 halb zehn（9 點半）、halb
　neun（8 點半）。

　時間表達方式：

　1.00 eins/ein Uhr　　8.00 acht/acht Uhr

　9.07 sieben nach neun/neun Uhr sieben

▶ **Dialog 2   in der Bushaltestelle**

> soweit/soviel ich weiß... : 據我所知…

Hans: Anna, weißt du, welcher Bus zum Flughafen fährt und wie oft?

Anna: Soweit ich weiß, fährt der Bus Nummer 10 zum

> alle 10 Minuten : 每 10 分鐘，類似的有 alle + 數字 + Minuten/Stunden/Jahren 每…分鐘／小時／年。

　　　　　　 Flughafen und alle 10 Minuten kommt der Bus.

Hans: Wie viele Stationen sollen wir fahren?

Anna: Ganz weit. Es gibt 10 Stationen.

Hans: Da kommt der Bus. Ach! Ich habe aber kein Kleingeld. Wie viel kostet es?

Anna: Zwei Euro. Kein Problem. Ich habe eine Buskarte.

▶ **對話 2   在公車站**

漢斯：安娜，你知道去機場要搭哪一路公車、多久一班嗎？

安娜：據我所知，往機場的是 10 號公車，每 10 分鐘一班。

漢斯：我們要坐幾站呢？

安娜：挺遠的，要坐 10 個站。

漢斯：車來了。哎呀，我沒零錢了，車資多少啊？

安娜：2 歐元。沒關係，我有公車卡。

文化連結

德國的城市公共運輸系統由公車、地鐵及市內的輕軌組成。一般只有大城市才有地鐵和輕軌，有地鐵的城市很少。德國的公共運輸系統有嚴格的時間要求。公車站通常貼有詳細的時刻表，車票可以在車站的自動售票機購買，或上車後直接跟司機購買。德國的公車上車前沒有人查票，但會不定期抽查，一旦逃票被抓，將被重罰。

Unit
10 德國遊覽

4_10.mp3

最常用的場景單句

1. Sie müssen unbedingt einmal eine leckere Currywurst oder einen echten Döner essen.
您一定要嘗嘗美味的咖哩香腸和正宗的土耳其烤肉。

> * der Döner 土耳其烤肉（近似沙威瑪），德國常見的路邊小吃。

2. Ich möchte in Berlin für eine Woche bleiben.
我打算在柏林待一個星期。

3. Wann reisen Sie ab? 您什麼時候啟程？

(同) Wann fahren Sie ab? 您什麼時候出發？

(反) Wann reisen Sie an? 您什麼時候抵達？

4. In Deutschland gibt es viele Sehenswürdigkeiten.
德國有很多名勝古蹟。

(類) Deutschland ist eine Reise wert. 德國值得一遊。

Es lohnt sich, nach Deutschland zu reisen. 值得去德國玩一下。

5. Die Fahrkosten, die Führung und die Eintrittskarte kosten insgesamt 30 Euro.
車費、導遊及入場券總共是 **30** 歐元。

6. Wenn Sie Zeit haben, machen Sie doch einen interessanten Ausflug nach Potsdam.
您有時間的話，一定要去波茲坦玩一下。

* Ausflug machen 郊遊

7. Sind die Tickets für heute schon ausverkauft?
今天的票已經賣完了嗎？

(類) Ich reserviere vier Karten. 我要訂 4 張票。

Bis wann kann ich die Tickets abholen? 我何時可以來取票呢？

8. Gehen Sie hier geradeaus bis zur Brücke.
請您從這裡一直走到橋那。

(類) Gehen Sie die Hauptstraße geradeaus. 請您沿著主幹道一直走。
Gehen Sie an der Kreuzung rechts. 請您在十字路口右轉。
Gehen Sie durch den Park. 請您穿過公園。
Gehen Sie über den Platz. 請您穿過廣場。

9. Ich habe einen Tipp, besuchen Sie am Nachmittag das Museum. 我有一個建議，下午您可以參觀博物館。

(類) Dort können wir ans Meer fahren. 在那裡我們可以去海邊。
Wir fahren aufs Land. 我們開車去鄉下玩。

10. Ich mache hier eine Reise. 我是來旅遊的。

(類) Ich mache hier eine Dienstreise. 我來這裡出差。
Ich bin von einer Reisegruppe. 我跟團來的。
Ich besuche hier Verwandten. 我是來探親的。

▶ **Dialog 1   in der Touristeninformation**

> brauchen + zu + Infinitiv：
> 必須做某事（常與 nicht 搭配）

Anna:　　Guten Tag, wir brauchen ein paar Tipps für unseren Berlin-Besuch.

Berater:　Wie viel Zeit haben Sie denn?

> auf der Spree：在施普雷河上

Anna:　　Vier Tage, bis Sonntag.

Berater:　Gut, heute ist ein schöner Tag. Machen Sie doch zuerst eine gemütliche Schifffahrt auf der Spree. Die dauert ungefähr eine Stunde.

Anna:　　Das klingt gut. Dann fangen wir mit der Schifffahrt an.

> mit D anfangen 以…開始
> （意思同 mit D beginnen）

Berater:　Nehmen Sie von hier am besten den Bus 30. Fahren Sie bis zum Berliner Dom. Die Schifftour beginnt ganz in der Nähe. Da sehen Sie auf dem Weg schon die wichtigsten Sehenswürdigkeiten.

▶ **對話 1　遊客諮詢中心**

　　安娜：您好，我們找些柏林旅遊的建議。

工作人員：你們打算待幾天呢？

　　安娜：4 天，直到週日。

工作人員：好的，今天天氣不錯。您可以先乘船遊覽施普河，時間大約是 1 個小時。

　　安娜：聽起來不錯。那我們就從搭遊輪開始！

工作人員：您可以在這裡搭 30 號公車，在柏林大教堂下車，遊輪觀光起點就在那附近。沿途您可以欣賞諸多名勝古蹟。

文法說明

在 Fahren Sie bis zum Berliner Dom.（乘車到柏林大教堂。）這個祈使／命令句中，動詞放在句首，不僅可以表達命令，還常用來表達建議，如文中的「Kaufen wir...（讓我們買…）」以及「Machen wir...（讓我們做…）」。

von...bis...：從⋯至⋯（表時間或地點）

▶ **Dialog 2　Auf der Straße**

Anna:　　　Entschuldigung, wie weit ist es von hier bis zum Reichstag?

Fußgänger:　Zu Fuß circa 20 Minuten. Oder Sie nehmen die öffentlichen Verkehrsmittel.

zu Fuß：步行

Anna:　　　Danke. (Sie wendet sich Hans zu.) Das Wetter ist schön, wir gehen zu Fuß. Kaufen wir die Berlin WelcomeCard. Die kostet für 3 Tage 33 Euro.

Hans:　　　Das ist aber teuer. Da bin ich dagegen.

Anna:　　　Ja, aber damit fahren wir kostenlos mit der U-Bahn, der S-Bahn und dem Bus.

dagegen sein：反對
dafür sein：贊同

Hans:　　　Okay, du hast Recht. Machen wir so.

▶ **對話 2　在大街上**

安娜：抱歉，請問從這裡到議會要多久時間呢？

路人：走路約 20 分鐘。或者您可以坐大眾運輸工具。

安娜：謝謝。（轉向漢斯）天氣很好，我們走路去月臺吧。再買張「柏林歡迎卡」，3 天 33 歐元。

漢斯：太貴了，我不贊同。

安娜：是有點貴，不過有了它我們可以免費坐地鐵、有軌電車及公車。

漢斯：好，你說得對。就這麼辦吧。

文化連結

德國旅遊業發達，每年吸引大量國內外遊客。在德國，很多城市都提供效期 2 天到 1 週不等的城市通卡，如 Berlin WelcomeCard（柏林歡迎卡）。有效期內乘坐大眾運輸免費，還可以享受優惠票價參觀博物館等，令行程規劃更加靈活。除此之外，還有多種可供選擇的大眾運輸交通優惠套餐，如 1 日票、3 日票、3 日團體票等。

Unit
11 飯店住宿

4_11.mp3

1. Ich möchte ein Zimmer für zwei Nächte reservieren.
我想訂一間房，住兩晚。

(類) Haben Sie noch Zimmer frei? 請問還有空房嗎？

Ich möchte gern ein Zimmer buchen. 我想訂一間房。

2. Wollen Sie Einzelzimmer oder Doppelzimmer?
您想訂單人還是雙人房呢？

* Doppelzimmer / Zweibettzimmer 雙人房

* Einzelzimmer / Einbettzimmer 單人房

3. Haben Sie ein ruhigeres Zimmer?
有更安靜一點的房間嗎？

(類) Haben Sie ein besseres Zimmer? 有更好的房間嗎？

Haben Sie ein preiswerteres Zimmer? 有更優惠的房間嗎？

4. Ist der Preis mit oder ohne Frühstück? 住宿費包括早餐嗎？

(同) Ist Frühstück im Preis inbegriffen? 住宿費包括早餐嗎？

(答) Mit Frühstück. 包含早餐。

Ohne Frühstück. 不含早餐。

Der Preis ist inklusive Frühstück. 住宿費包括早餐。

Der Preis ist exklusive Frühstück. 住宿費不包括早餐。

5. Füllen Sie bitte dieses Formular aus und unterschreiben Sie hier. 請您填寫這張表格並在這裡簽字。

(類) Tragen Sie sich bitte hier ein. 請您在這裡登記。

Darf ich Ihren Pass mal sehen? 可以看一下您的護照嗎？

Zeigen Sie mir bitte Ihren Pass. 請出示一下您的護照。

6. Ich möchte einchecken. 我想入住。

(反) Ich möchte auschecken. 我要退房。

7. Es gibt kein warmes Wasser im Zimmer.
房間裡沒有熱水。

(類) Die Heizung geht nicht. 暖氣沒有作用。

Die Klimaanlage funktioniert nicht. 空調沒有作用了。

8. Darf ich mein Gepäck hier zur Aufbewahrung lassen?
我可以把行李寄放在這裡嗎？

(答) Was möchten Sie verwahren? 您想寄放什麼？

9. Wo kann ich meine Wäsche waschen lassen?
我該去哪裡洗衣服？

10. Ich reise morgen früh ab. Könnten Sie mir ein Taxi bestellen? 我明早離開，可以幫我叫一部計程車嗎？

11. Kann ich die detaillierte Liste haben?
能讓我看看詳細的帳單嗎？

(類) Bitte geben Sie mir die Quittung. 請給我發票。

▶ **Dialog 1　beim Check-in**

德語中的入住和退房多用英文的 check-in 和 check-out

Bedienung: Guten Morgen. Kann ich Ihnen helfen?

Li Ming: Guten Morgen. Mein Name ist Li Ming. Ich habe ein Einzelzimmer für drei Nächte reserviert.

Bedienung: Ah ja, Li Ming. Das Zimmer ist leider noch nicht ganz fertig und unter Reinigung. Da müssen Sie noch kurz warten. Können Sie mir Ihren Pass zeigen?

Li Ming: Hier, bitte. Ist der Preis mit oder ohne Frühstück?

Bedienung: Mit Frühstück. Danke. Hier ist Ihr Schlüssel, das Zimmer ist 1204. Der Lift ist da.

der Lift, -e：電梯
im Lift：在電梯裡

Li Ming: Vielen Dank. Eine Frage noch, wann ist das Frühstück? Ich will vor 8 Uhr abreisen.

▶ **對話 1　入住**

服務員：早安。有什麼可以為您服務的？

李明：您好，我是李明。我訂了一間三個晚上的單人房。

服務員：哦，好的，李明。房間還沒完全準備好，正在打掃中。請您稍候一下。可以先出示一下您的護照嗎？

李明：這裡。住宿費包括早餐嗎？

服務員：謝謝。是的，包含早餐。這是鑰匙，房間號碼是1204，電梯在那邊。

李明：多謝了。還有一個問題，什麼時候可以吃早餐？明早8點前我要出發。

文法說明

- 語氣詞Ah ja，表驚訝與喜悅。語氣詞可表達不同的情緒，如Ach so 表恍然大悟／原來如此；Autsch/Oweh 表痛苦。此外，Naja 常用於停頓與猶豫時；Oh/Ha/Hei 表達喜悅。語氣詞多位於句首，單獨使用。

- eine Frage noch... 類似省略句，常用於口語，當上下文語境資訊較為明顯時，常省略主詞，有時也省略動詞。比如（Ich）Hab geschickt. 表已發送。

> sein Bestes tun：盡最大努力
> mit etwas(D)(nichts) zu tun haben：與某事（沒）有關係

▶ **Dialog 2　beim Check-out**

Bedienung: Guten Tag. Was kann ich für Sie tun?

Li Ming: Ich möchte wissen, bis wann ich auschecken kann?

Bedienung: Vor 14 Uhr ist es in Ordnung.

> vor：在…之前
> nach：在…之後

Li Ming: Okay, jetzt ist es nicht zu spät.

Ich möchte auschecken und kann ich mit Kreditkarte bezahlen?

Bedienung: Na klar. Sind Sie zufrieden mit unserer Dienstleistung?

Li Ming: Ja, nicht schlecht. Das Zimmer hat eine gute Aussicht.

> Aussicht auf Erfolg haben：有望成功
> etwas in Aussicht haben：對…有希望的

▶ **對話 2　退房**

服務員：您好。有什麼可以效勞的嗎？

　李明：我想知道什麼時候可以退房？

服務員：兩點以前都可以。

　李明：好的，現在還不晚。我現在退房，可以刷卡嗎？

服務員：好的。您對我們的服務還滿意嗎？

　李明：滿意，還不錯。房間的視野也很好。

文化連結

基於環保考量，大多數德國酒店都不提供一次性洗漱用品。因此，出發前一定要做好充足的準備。在德國旅遊，無論大城市還是小城市，都可以找到各類酒店、青年旅館與民宿。價位從幾十歐元到數百歐元不等。提前在網上預訂，選擇性價比較高的住宿已成為年輕人出行的最佳選擇。

Step 1 最常用的場景單句

1. Kann ich mich heute anmelden? 今天可以預約嗎？

類 Wo soll ich mich anmelden? 我應該在哪裡掛號？

2. Wann hat Doktor Li Sprechstunde?
李醫生什麼時候出診？

類 Ich möchte gern in die Sprechstunde bei Doktor Li. 我想找李醫生看病。

Hat Doktor Li morgen frei? 李醫生明天休息嗎？

3. Nehmen Sie bitte die Tabletten dreimal täglich vor dem Essen ein. 這些藥每日 3 次，飯前服用。

4. Sind Sie schon wieder auf den Beinen? 您恢復得怎麼樣？

類 Sie werden schnell gesund. 您會很快好起來的。

5. Ich habe keinen Appetit. 我沒有胃口。

類 Der Kopf tut mir weh. 我頭疼。

Ich habe Kopfschmerzen. 我頭疼。

Ich habe Rückenschmerzen. 我背痛。

6. Bitte, machen Sie sich frei und liegen Sie hier.
請把衣服解開，然後躺下來。

類 Legen Sie sich bitte auf den Bauch. 請您趴下。

Legen Sie sich bitte auf den Rücken. 請您平躺下來。

Legen Sie sich bitte auf die Seite. 請您側躺。

7. Haben Sie eine Allergie gegen Blütenstaub?
您對花粉過敏嗎？

8. Bei welcher Krankenkasse sind Sie?
您在哪家公司投保的？

(類) Haben Sie die Krankenkassenkarte dabei? 您帶保單了嗎？

9. Haben Sie etwas gegen Kopfschmerzen?
您這裡有治頭痛的藥嗎？

(類) Ich möchte etwas gegen Erkältung. 我想買點治感冒的藥。

Ich möchte ein schmerzenstillendes Mittel kaufen. 我想買止痛藥。

10. Wo tut es Ihnen weh? 您哪裡痛？

(同) Wo haben Sie Schmerzen? 您哪裡痛？

11. Ich habe mich erkältet. 我感冒了。

(同) Ich bin erkältet. 我感冒了。

12. Gute Besserung! 早日康復！

(類) Erhol dich gut! 好好休息！

13. Sie sollen mehr Wasser trinken. 您應該多喝水。

(類) Sie müssen im Bett bleiben. 您要躺在床上休息。

▶ **Dialog 1　beim Arzt**

> sich irgendwie(*adj.*) fühlen：
> 感覺怎麼樣

Arzt:　　　Guten Tag, was fehlt Ihnen?

Hans:　　　Ich fühle mich nicht wohl. Seit vorgestern habe ich Kopfschmerzen und Schnupfen. Wegen des Hustens kann ich kaum schlafen.

> wegen + G：由於，因為

Arzt:　　　Machen Sie bitte den Mund auf und sagen Sie Ah. Haben Sie schon die Temperatur gemessen?

Hans:　　　Ja, 39 Grad.

Arzt:　　　Sie haben Grippe. Ich schreibe Sie eine Woche krank. Nehmen Sie bitte die Tabletten vor dem Essen ein.

Hans:　　　Danke. Nächste Woche komme ich wieder.

▶ **對話 1　看醫生**

醫生：您好，哪裡不舒服？

漢斯：我感覺不太好。從前天就開始頭痛、流鼻涕、晚上咳得幾乎睡不著。

醫生：請您張大嘴巴，說「啊」。量過體溫了嗎？

漢斯：量過了，39℃。

醫生：您得了流感。我給您開一個星期的病假證明。這些藥飯前吃。

漢斯：謝謝。我下週再來。

文法說明

Was fehlt Ihnen? 字面意思是「您缺少什麼？」，在此表示「您哪裡不舒服？」etwas fehlt jmdm. 表示某人缺少某物，主詞為物，人為第三格的受詞。

▶ **Dialog 2　beim Zahnarzt**

Zahnarzt:　Wo tut es weh?

Anna:　Hier oben links habe ich seit zwei Tagen Schmerzen.

Zahnarzt:　Ach ja, da ist das Zahnfleisch entzündet. Versuchen wir es erst einmal mit einem Mittel gegen die Entzündung. Nehmen Sie davon morgens und abends fünf Tropfen in einem Glas Wasser.

Anna:　Ich erinnere mich an das Medikament. Es hat mir das letzte Mal nicht geholfen.

Zahnarzt:　Wenn es nicht hilft, müssen wir den Zahn ziehen.

Anna:　Hoffentlich wird es nicht weh tun.

▶ **對話 2　看牙醫**

> Lehren aus D ziehen：
> 從某事中吸取教訓

牙醫：哪裡痛？

安娜：左邊上面這裡，已經痛兩天了。

牙醫：我看見了，牙齦已經發炎了。我們先試試消炎的辦法，滴五滴藥水在水裡，一起服下，早晚各一次。

安娜：我想起這個藥了。上次沒有什麼用。

牙醫：如果沒有效果，我們就得拔牙了。

安娜：希望不會太疼。

文化連結

在德國，看病有 3 種主要途徑：家庭醫生、專科醫生及醫院。德國家庭醫生可以處理普通常見的疾病，如感冒發燒、吃壞肚子等等。人們一般會選擇一位醫生作為自己固定的家醫，他們熟悉病人病史和個人情況，對病情掌握相對迅速。如果家醫認為有必要去專科醫生處做更詳細的檢查，就會開具一張轉診單。如果您尚無家庭醫生，且清楚自己應該去哪類專科醫生處就診，也可自行預約就診時間。

Unit

13 銀行業務

4_13.mp3

Step 1 最常用的場景單句

1. Ich möchte ein Konto eröffnen. 我想開戶。

(類) Ich möchte auch eine Kreditkarte beantragen. 我還想申請一張信用卡。

2. Muss man bei der Kontoeröffnung Gebühren bezahlen?
開戶需要手續費嗎？

* die Gebühr, -en（對公共事業的服務需支付的）費用

3. Ich möchte 200 Euro abheben. 我要領 200 歐元。

(反) Ich möchte 200 Euro einzahlen. 我想存 200 歐元。

(類) Ich habe bereits 10 000 Euro auf meinem Konto überzogen.
我的帳戶已經透支 10,000 歐元了。

4. Ich möchte das Konto auflösen. 我想解除帳戶。

(同) Ich möchte das Konto löschen/schließen. 我想要解除帳戶。

5. Wo kann ich eine Verlustmeldung machen?
請問我在哪裡辦理掛失？

6. Haben Sie eine Geheimschrift? 您有密碼嗎？

(類) Bitte bestätigen Sie Ihre Geheimschrift. 請確認您的密碼。

* die Geheimschrift 密碼（與銀行業務相關時亦常用 PIN-Nummer、
persönliche Identifikation-Nummer。）

274

7. Auf welches Konto möchten Sie das Geld überweisen?
請問您想匯款到哪個帳戶？

(類) Wie viel möchten Sie überweisen? 您要匯多少？

Wann kann man die Überweisung bekommen? 匯款什麼時候會入帳？

8. Wo kann ich in der Nähe einen Automaten finden?
這附近哪裡有自動提款機？

(答) Da gibt es einen Automaten. 那裡就有一部提款機。

(類) Kann ich auch am Automaten einzahlen? 我能在提款機上存錢嗎？

　* der Automat，-en （弱變化名詞）自動提款機

　　am Automaten 在自動提款機旁

9. Ich möchte RMB in Euro wechseln.
我想把人民幣換成歐元。

10. Hätten Sie lieber große oder kleine Scheine?
您想要大額還是小額的現金？

11. Wie hoch ist der Tageskurs? 今天的匯率是多少？

(同) Wie ist der Umrechnungskurs für heute? 今天的匯率是多少？

Welchen Devisenkurs haben wir heute? 今天的匯率是多少？

(類) Wie steht der Dollarkurs gegenüber dem Euro? 美元對歐元的匯率是多少？

12. Das müssen Sie am anderen Schalter erledigen.
您必須在別的窗口辦理。

(類) Gehen Sie bitte zum Schalter 2. 請您到 2 號窗口辦理。

▶ **Dialog 1　Konto eröffnen**

Thomas:　Guten Morgen! Ich bin Student und möchte ein Konto eröffnen. Können Sie mich bitte beraten?

Beraterin:　Ich empfehle Ihnen unser Studentenkonto. Wir haben zurzeit zum Semesterbeginn ein gutes Angebot: Sie enthalten sowohl eine Bankomatkarte als auch eine Kreditkarte.

> über Gebühr：誇張地，過分地

Thomas:　Das klingt gut. Wie viele Gebühren soll ich zahlen?

Beraterin:　Die Gebühren sind erst ab dem zweiten Jahr zu zahlen. Daneben ist das Online-Banking kostenfrei.

Thomas:　Okay, alles klar. Welche Formalitäten muss ich dafür erledigen?

Beraterin:　Zeigen Sie mir bitte Ihre Studienbestätigung und den Pass. Füllen Sie bitte zuerst die Formulare aus und unterschreiben Sie hier.

> etwas erledigen：完成某事　erledigt sein：完成了，結束了

▶ **對話 1　開戶**

湯瑪斯：早安！我是一名大學生，想開個帳戶，您能給我一些建議嗎？

女顧問：我給您推薦我們的學生帳戶。針對開學的促銷活動，包括一張金融卡和一張信用卡。

湯瑪斯：聽起來不錯。我需要支付哪些費用呢？

女顧問：第二年才開始收費，此外，網路銀行相關業務免費。

湯瑪斯：好的，清楚了。我需要辦什麼手續呢？

女顧問：請出示您的學生證和護照。先填寫這些表格，然後在這裡簽字。

文法說明

sein... zu + Infinitiv，被動語態替代形式，等同於 können/müssen...+ P.II + werden。

例：Das Haus ist in der nächsten Woche zu renovieren. 房子必須在下週修復。

▶ **Dialog 2　beim Einzahlen**

> XX auf Konto einzahlen：匯款入帳戶

Thomas:　Warum kann ich nicht am Automaten einzahlen?

Beraterin:　Dieser ist nur für Abheben. Jener ist für Einzahlen.

Thomas:　Danke. Können Sie mir helfen, 1000 RMB in Euro zu wechseln und dann in meinem Sparkonto einzuzahlen?

Beraterin:　Kein Problem. Einen Moment bitte. Es sind 128 Euro. Geben Sie bitte die Geheimschrift.

Thomas:　Wie viele Gebühren soll ich dafür zahlen?

Beraterin:　Über 1000 RMB brauchen Sie keine Gebühren bezahlen. Es wird morgen erreichen.

> das Ziel erreichen：達成目標
> Berlin(irgendwo) erreichen：抵達柏林（某地）
> jmdn. erreichen：聯繫上某人
> * 對話中是入賬的意思

▶ **對話 2　存款**

湯瑪斯：為什麼我不能用提款機存錢呢？

女顧問：這台只能取款，那台才可以存款。

湯瑪斯：謝謝。您可以幫我把 1000 元人民幣兌換成歐元，再存到我的帳戶裡嗎？

女顧問：沒問題，稍待片刻。一共是 128 歐元，請輸入密碼。

湯瑪斯：要付多少手續費？

女顧問：超過 1000 元不收手續費。預計明天入帳。

文化連結

常見的德國銀行有德意志銀行（Deutsche Bank）、郵政銀行（Postbank）、儲蓄銀行（Sparkasse）等，除了有店面的普通銀行以外，德國還有很多無店面的直接銀行（Direktbank），即 Onlinebank（網路銀行），它們的一切服務都透過網路、電話和郵件來實現。這類銀行往往提供較高利息和其他服務，包括網通銀行（Netbank）、德國信貸銀行（DKB Bank）等等。

Unit
14 校園生活

4_14.mp3

最常用的場景單句

1. Ich studiere an der Universität. Das ist unser Klassenzimmer. Unsere Klasse hat 22 Studenten.
我在大學讀書。這是我們的教室，我們班有 **22** 個學生。

（類）Das ist die Mensa, dort ist die Bibliothek, und da ist der Sportplatz.
這裡是餐廳，圖書館在那裡，那裡是操場。

* an der Universität 在大學，介系詞常用 an。

2. Frau Wang unterrichtet Deutsch. 王老師教德語。

（類）Frau Wang gibt uns Unterricht in Englisch. 王老師給我們上英文課。

Wir nehmen den Unterricht in Englisch. 我們上英文課。

Wir haben den Unterricht in Englisch. 我們上英文課。

3. Welches Fach möchtest du studieren? 你想學什麼專業？

（類）In welchem Land möchtest du studieren? 你想去哪個國家留學？

4. Ich will mich zu einem Juraseminar anmelden.
我要報名法律課。

（類）Ich möchte einen Platz im Proseminar Geschichte.
我想報名初級歷史研討班。

5. Jede Woche habe ich 20 Stunden Unterricht.
我每個星期有 **20** 堂課。

(類) Wöchentlich habe ich 20 Stunden Unterricht. 我每星期有 20 堂課。

Ich habe zwei Stunden Deutsch und in der dritten Stunde Wirtschaft.
我上 2 堂是德語，第 3 堂是經濟課。

6. Entschuldigen Sie bitte meine Verspätung.
請原諒我遲到了。

7. Welche Unterlagen soll ich abgeben?
我要交哪些資料呢？

(類) Wann soll ich die Unterlagen abgeben? 我應該什麼時候交資料呢？

* abgeben 提交，交（作業）

8. Du sollst TestDaF bestehen. 你要通過德福語言檢定考試。

(類) Du sollst an dem Interview bei der APS teilnehmen.
你要參加 APS 留學審核。

Ich habe diese Prüfung bestanden. 我通過這項考試了。

9. Wie kann man sich an einer Uni bewerben?
要怎麼申請進大學呢？

* sich bewerben 申請 sich um eine Stelle bewerben 申請職位

sich um das Stipendium bewerben 申請獎學金

10. Ich wohne im Studentenwohnheim. 我住學生宿舍。

▶ **Dialog 1   Nach der Prüfung**

Thomas: Was ist los mit dir? War die Prüfung schwer?

Anna: Es ging so. Ich werde schon eine drei bekommen.

Thomas: Da war also der Stress ganz unnötig, nimm es leicht. Wann ist denn die nächste Prüfung?

> Notizen machen：做筆記

Anna: Sprechen wir lieber über ein anderes Thema.

Thomas: Okay, Schluss jetzt! Hast du im Unterricht Notizen gemacht?

Anna: Hier. Die Geschichtevorlesung interessiert mich sehr. Informativ und sachlich. Herr Wang ist immer gut vorbereitet.

> etwas vorbereiten / sich auf etwas(A) vorbereiten：準備某事

> 對…感興趣的多種表達方式：
> sich für etwas interessieren
> an etwas(D) interessiert sein
> etwas interessiert jemanden
> Interesse an etwas haben

▶ **對話 1   考試後**

湯瑪斯：你怎麼了？這次考試很難嗎？

安娜：還可以。不過我可能會得 3 分。

湯瑪斯：不必過度緊張，放輕鬆。下一堂考試是什麼時候啊？

安娜：我們最好換個話題吧。

湯瑪斯：好吧，不說了那個！你課堂上做筆記了嗎？

安娜：在這裡。我對歷史課很感興趣。教得很多，也很客觀。王老師每次都準備得很充分。

文法說明

· Ich werde schon eine drei bekommen. 我可能會得 3 分。/ 我將要得 3 分。werden + 動詞不定式表未來，也可表推測。

· wofür 疑問代副詞，意指「為了什麼…」，由疑問副詞加上相關介系詞（wo+（r）+ 介系詞）構成，如worüber、woran、womit、wovon 等。介系詞首字母為母音，複合時需加r。除了疑問代副詞，也常用指示代副詞，如：daran、damit、dafür 等。

▶ **Dialog 2　Fachwechseln**

Thomas:　Hallo, Li Ming, ich will das Studienfach wechseln. Du hast schon mal gewechselt. Wie funktioniert das?

Li Ming:　Ja, BWL (Betriebswirtschaftslehre) finde ich zu theoretisch. Jetzt studiere ich Germanistik als Hauptfach und Volkswirtschaft als Nebenfach.

Thomas:　Ach so. Ich weiß nicht so genau, welches Fach ich studieren soll.
> im Fach：在專業上

Li Ming:　Wofür interessierst du dich denn? Wer Lust dazu hat, lernt fleißig.
> nach Lust und Laune：隨心所欲

Thomas:　Du hast Recht. Ich habe Interesse an der Geschichte.

Li Ming:　Es ist besser, dass du dich zur Geschichtevorlesung anmeldest. Schau mal, ob du wirklich daran interessiert bist.
> sich (zu D.) anmelden：報名參加，預約，報到

▶ **對話 2　轉系**

湯瑪斯：你好，李明。我想轉系。你之前轉過科系，要怎麼做呢？

　李明：是的，我覺得企業管理學理論性太強。現在我主修日爾曼學，輔修國民經濟學。

湯瑪斯：這樣啊。我不是很清楚自己應該去唸什麼科系。

　李明：你對什麼感興趣呢？有興趣的，就會勤奮學習。

湯瑪斯：你說得對。我對歷史感興趣。

　李明：你最好先報名旁聽歷史課。看看是否你真的對它感興趣。

文化連結

德國通常採用 1 ～ 5 分的評分制度，用來評價「sehr gut」至「mangelhaft」的不同等級。1.0 sehr gut（優秀）、2.0 gut（良好），3.0 befriedigend（中等）、4.0 ausreichend（及格）、5.0 mangelhaft（不及格）。

4_15.mp3

最常用的場景單句

1. Was sind Ihre größten Stärken und Schwächen?
您最大的優點和缺點是什麼？

(類) Worin sehen Sie Ihre größten Stärken und Schwächen?
您認為您最大的優點和缺點在哪裡？

2. Wie reagieren Sie auf Kritik an Ihrer Arbeit?
您會如何因應工作中受到的批評？

(類) Was halten Sie von Überstunden? 您如何看待加班？

3. Ich habe zwei Jahre Deutsch gelernt und kann mich mündlich und schriftlich gut ausdrücken.
我學過兩年德語，口語及書面表達都能得心應手。

(類) Ich bin lernfähig und vielseitig interessiert.
我學習能力強，且興趣與愛好廣泛。

Ich bin flexibel und arbeite mich schnell in neue Arbeitsgebiete ein.
我很靈活，可以很快融入新的工作環境。

4. Ich muss heute Überstunden machen. 我今天得加班了。

(類) Ich muss eine kurze Pause machen. 我得稍微休息一下。

5. Herr Wang hat sich heute krank gemeldet.
王先生生病請假了。

(類) Heute fühle ich mich nicht wohl und bitte Sie um die Beurlaubung.
我今天感覺不舒服，得向您請假。

Könnte ich bitte nächsten Freitag frei machen?
請問我下週五可以請假嗎？

6. Wie viele Tage hast du noch frei? 你還有幾天假？

(類) Ich habe noch 7 Urlaubstage. 我還有 7 天假。

Ich habe heute nicht frei. 我今天沒休假。

Heute habe ich frei. 我今天休假。

7. Wie läuft es mit dem Projekt? 這專案進展得如何？

(類) Geht das Projekt gut? 專案進展順利嗎？

Geht das Projekt in Ordnung? 這計畫進行的順利嗎？

8. Für weitere Rückfragen stehe ich Ihnen gerne zur Verfügung. 如有其他問題，我很樂意為您解答。

(類) Bei Rückfragen kommen Sie bitte auf mich zu. 有問題請找我。

Falls Sie Fragen haben, melden Sie sich bitte einfach bei mir.
如果您有問題，請儘管告訴我。

9. Ich würde vorschlagen, dass wir heute die Arbeit erledigen sollen. 我建議我們今天就把工作完成。

* 委婉地提出建議：Ich würde vorschlagen... 我建議…

Ich würde sagen... 我想說…

Es wäre besser... 這樣…或許更好

10. Im Anhang finden Sie die Unterlagen.
在附件中，您可以找到相關資料。

(同) Beigefügt sind die Unterlagen. 附件為相關文件資料。

▶ **Dialog 1   Vorstellungsgespräch**

> jmdm. etwas von(D)/über(A) erzählen 給某人講述某事

HR:　　　　　Guten Tag, Frau Li, erzählen Sie uns etwas über sich!

Li Ming:　　 Guten Tag, ich bin Li Ming und komme aus Chongqing. Mit großem Interesse bewerbe ich mich um diese Stelle.

HR:　　　　　Vielen Dank für Ihre Teilnahme. Fangen wir mit der ersten Frage an: Was halten Sie von Überstunden?

Li Ming:　　 Normalerweise will ich meine Arbeit während der Arbeitszeit schaffen. Aber wenn mal besonders viel los ist, bleibe ich dann länger.

> sich um A bewerben：申請…

HR:　　　　　In welcher Position sehen Sie sich in drei Jahren?

Li Ming:　　 Ich könnte mir vorstellen, als Leiter eines Teams ein Projekt selbstständig zu bearbeiten.

> sich(D) jmdn./etwas vorstellen：設想，想像

▶ **對話 1   面試**

人事：您好，李女士，請您介紹（描述）一下自己吧！

李明：您好，我是李明，來自重慶，懷著極大的興趣要應徵這個職位。

人事：謝謝您的應徵，那我們開始第一個問題：您如何看待加班呢？

李明：正常情況下我會儘量在工作時間完成我的任務。如果有時工作確實太多，我會留下來加班。

人事：您覺得自己三年後會擔任什麼樣的職位呢？

李明：我可以設想，自己到那時能夠獨立領導一個專案團隊。

文法說明

normalerweise 正常情況下，通常。

「形容詞 + er + weise」是一種常見的構詞法，意為「在…情況下」。

> Gespräch über A führen：
> 談論關於…

▶ **Dialog 2** **Gespräch mit dem Chef**

Chef: Frau Li, haben Sie einen Moment Zeit?

> etwas mit jmdm.
> besprechen：與
> 某人談話

Li Ming: Ja, selbstverständlich.

Chef: Ich muss kurz etwas mit Ihnen besprechen. Es gibt ein Problem. Sie sind diese Woche dreimal zu spät gekommen.

Li Ming: Das tut mir leid. Wissen Sie, meine Mutter war krank. Das kommt nicht wieder vor.

Chef: Okay, dann verstehe ich das. Bitte sagen Sie mir nächstes Mal gleich Bescheid. Dann suchen wir zusammen eine Lösung.

> jmdm. irgendwie(*adj.*)
> vorkommen：讓人覺
> 得怎麼樣

Li Ming: Ja, das mache ich. Vielen Dank.

▶ **對話 2** **與老闆對話**

老闆：李女士，
      您有時間嗎？

> jmdm. Bescheid sagen：
> 告訴某人，告知某人
> Bescheid geben /wissen：
> 告訴／瞭解，知道

李明：當然，有的。

老闆：我得找您談一談，最近有個問題，您這星期遲到 3 次了。

李明：很抱歉。我的母親生病了。下次不會再發生這種事情了。

老闆：好，我了解。下次請您及時告訴我，然後我們可以一起想辦法解決。

李明：好的，我會的，謝謝。

文化連結

在德國，人們對儀式感很看重，參加正式會議或出席商務場合時，一定要穿合身的正式服裝。商務郵件往來時，提前瞭解對方是否有頭銜，說出或將對方頭銜說得完整，更能留下好印象，如：Frau Dr. Müller/Herr、Dr. Müller/Herr、Professor Müller。

Unit

16 突發事件

4_16.mp3

Step 1 最常用的場景單句

1. Entschuldigen Sie bitte, könnten Sie mir helfen?
抱歉，打擾了，您可以幫我嗎？

2. Bitte sprechen Sie ein bisschen langsamer?
您可以說慢一點嗎？

類 Wie bitte? 請再說一遍？

3. Entschuldigung, das habe ich nicht verstanden.
很抱歉，我沒有聽懂。

類 Ich verstehe das nicht. 我無法理解。

Was bedeutet das? 這是什麼意思？

4. Haben Sie noch eine Frage? 您還有問題嗎？

類 Wo liegt das Problem? 問題在哪？

Soll ich es noch mal wiederholen? 還需要我重複一遍嗎？

5. Wie heißt das auf Deutsch, bitte? 這用德語怎麼說呢？

同 Was heißt sorry auf Deutsch? 「sorry」的德語怎麼說？

Wie sagt man das auf Deutsch? 這用德語怎麼說？

6. Entschuldigung, wie komme ich zur Kirche?
抱歉，我怎麼去教堂？

（同）Entschuldigung, ich suche die Kirche. 抱歉，我在找教堂。

Entschuldigung, wo ist die Kirche? 抱歉，教堂在哪裡？

7. Könnten Sie bitte die Tür schließen? 您可以把門關上嗎？

（反）Könnten Sie bitte die Tür öffnen? 您可以把門打開嗎？

8. Ich lasse mein Auto reparieren. 我請人修一下車。

（類）Kann ich hier mein Fahrrad reparieren lassen?

我的自行車可以在這裡修理嗎？

Mit meinem Handy stimmt etwas nicht. 我的手機出了點問題。

9. Die Reparatur lohnt sich nicht. 這不值得修理了。

（類）Kauf dir einfach ein neues Display. 你直接買新的螢幕吧。

10. Speichere die Fotos immer auch auf einem USB-Stick.
務必把照片存在 **USB** 隨身碟中。

（類）Nimm am besten eine neue Druckerpatrone.

最好換一個新的印表機墨水匣。

Du musst zuerst den Anschluss prüfen. Ist das Kabel in Ordnung?

你得先檢查連線的問題。電線都沒問題吧？

11. Ich suche mein Handy. Hast du es vielleicht gesehen?
我在找我的手機。你看到了嗎？

12. Pass auf! / Vorsicht! 小心！／注意！

verletzen：使受傷，如 schwer/leicht
verletzt sein 受重傷／受輕傷。

▶ **Dialog 1   verletzt werden**

Hans: Oh, du blutest am Finger. Was ist denn passiert?

Anna: Ja, ich habe mich geschnitten. Kleb mir doch bitte ein Pflaster auf die Wunde.

Hans: Die Wunde scheint ein bisschen tief zu sein. Ein Pflaster reicht nicht.

Anna: Jetzt tut es etwas weh. Was sollte ich jetzt tun?

Hans: Du brauchst einen Verband.

Ich verbinde dir den Finger gleich.

Das heilt vielleicht.

etwas in etwas(A) schneiden：
把⋯切成⋯
sich schneiden：割傷自己

Anna: Vielen Dank. Ohne dich könnte ich nichts tun.

▶ **對話 1   受傷**

漢斯：天啊，你手指流血了。發生了什麼事？

安娜：我割到自己了。幫我在傷口貼張 OK 繃吧。

漢斯：傷口好像有點深，OK 繃不太行。

安娜：現在有點痛。我該怎麼辦？

漢斯：你需要繃帶。我幫你纏起來，這樣能好得快。

安娜：太感謝了。沒有你我什麼也做不了。

文法說明

scheinen + 帶 zu 不定式，表示某種徵兆或推測，意指「似乎，好像」。

例：Er scheint nicht angekommen zu sein. 他似乎還沒有到。

＊類似結構還有 haben...zu...，表示必須做某事。

例：In diesem Semester hat er zwei Hausarbeiten zu schreiben.

這學期他必須寫兩篇論文作業。

▶ **Dialog 2　Handy-Reparatur**

> der Akku, -s 電池（Akkumulator 的簡稱）Der Akku ist leer/voll 電池沒電了。／電量是滿的。

Hans:　　　　Mein Handy funktioniert nicht mehr. Ich glaube, der Akku ist kaputt.

Verkäuferin:　Das sehen wir gleich. Nein, der Akku ist okay, es gibt ein anderes Problem.

> das Problem lösen：解決問題

Hans:　　　　Können Sie das reparieren?

Verkäuferin:　Das weiß ich nicht, das müssen sie in der Werkstatt ansehen. Haben Sie noch Garantie?

Hans:　　　　Nein, es ist drei Jahre alt. Ist die Reparatur teuer?

Verkäuferin:　Das wissen wir erst, wenn das ein Mitarbeiter angesehen hat. Ich meine, eine Reparatur lohnt sich nicht mehr.

> unter Garantie：保證，確保

▶ **對話 2　修手機**

漢斯：我的手機不能用了。我覺得是電池壞了。

店員：我們立刻幫您看。不是電池，電池正常。是其他問題。

漢斯：您能修嗎？

店員：這個我還不能確定，要送回原廠看看。還在保固期內嗎？

漢斯：不在了，用了 3 年。修理費貴嗎？

店員：這要我的同事檢查過才能知道。我感覺沒必要修了。

文化連結

在德國生活、學習，遇到問題可以積極向周圍的人求助。初學者可以放慢語速，聽不懂的地方客氣地請求對方再說一次，千萬不要害怕交流與溝通，語言越使用越進步。

MEMO

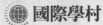

台灣廣廈 國際出版集團
Taiwan Mansion International Group

國家圖書館出版品預行編目（CIP）資料

全新！自學德語看完這本就能說／張曉暉、徐悠 著; -- 初版 -- 新北市：
語研學院, 2023.10
　　面；　公分
ISBN 978-626-97565-7-5（平裝）
1. CST: 德語 . 2. CST: 讀本

805.28　　　　　　　　　　　　　　　　　　112013939

全新！自學德語看完這本就能說

作　　者／張曉暉、徐悠

編輯中心編輯長／伍峻宏
編輯／許加慶
封面設計／林珈仔・內頁排版／菩薩蠻數位文化有限公司
製版・印刷・裝訂／皇甫・秉成

行企研發中心總監／陳冠蒨
媒體公關組／陳柔彣
綜合業務組／何欣穎

線上學習中心總監／陳冠蒨
數位營運組／顏佑婷
企製開發組／江季珊

發　行　人／江媛珍
法律顧問／第一國際法律事務所 余淑杏律師・北辰著作權事務所 蕭雄淋律師
出　　版／語研學院
發　　行／台灣廣廈有聲圖書有限公司
　　　　　地址：新北市235中和區中山路二段359巷7號2樓
　　　　　電話：（886）2-2225-5777・傳真：（886）2-2225-8052
讀者服務信箱／cs@booknews.com.tw

代理印務・全球總經銷／知遠文化事業有限公司
　　　　　地址：新北市222深坑區北深路三段155巷25號5樓
　　　　　電話：（886）2-2664-8800・傳真：（886）2-2664-8801
郵政劃撥／劃撥帳號：18836722
　　　　　劃撥戶名：知遠文化事業有限公司（※單次購書金額未達1000元，請另付70元郵資。）

■出版日期：2023年12月　　　　ISBN：978-626-97565-7-5

本書中文繁體版經四川一覽文化傳播廣告有限公司代理，由中國宇航出版有限責任公司授權出版